folio
junior

Martine Pouchain

Meurtres
à la cathédrale

Illustrations de Gilbert Maurel

GALLIMARD JEUNESSE

Si vous visitez un jour la cathédrale d'Amiens, vous y rencontrerez peut-être un petit homme pressé qui l'arpente depuis de nombreuses années. Il en connaît chaque recoin, chaque secret, chaque légende, presque chaque pierre. Il s'appelle Jean Macrez, et il n'est pas si pressé qu'il en a l'air, puisque c'est lui qui un jour m'a raconté la légende du Beau Dieu, cette très belle sculpture qui orne le portail central. Voici son histoire :

« Le sculpteur ne trouvait pas de modèle pour son Beau Dieu. Un soir, un inconnu vint s'offrir à poser pour lui. Mais quand le sculpteur, ayant terminé son travail, voulut le dédommager, l'inconnu avait disparu et personne ne l'a jamais revu. Qui était donc ce mystérieux modèle ? Le fils de Dieu lui-même ? »

Cette histoire m'a fait rêver et j'ai voulu prolonger ce rêve. Amaury, Lisa, Baldr, Eustache, Aymeric et quelques autres sont venus le peupler et se mêler à la vie des Amiénois du XIIIᵉ siècle. Amiens, à cette époque, était bien telle que vous la découvrirez dans ces pages. Et bien malin finalement qui pourra démêler ce qui s'est réellement passé de ce qui a été inventé. Je ne sais si Jean y retrouvera sa légende, mais j'espère le faire rêver un peu à mon tour, et vous aussi.

Les personnages

Adèle

Amaury

Baldr

Chanoine Clari

Grégoire de Croy

Eustache

Hugues de Cressy

Lisa

À Pierre

Amaury s'arrêta un instant devant la cathédrale pour en contempler la façade. Quelques emplacements apparaissaient encore vides au milieu de cette exubérance de pierre et semblaient attendre le labeur de quelque sculpteur. Ainsi, le centre du portail, qui devait recevoir la statue dite du Beau Dieu.

La plupart des corps de métier étaient présents sur le gigantesque chantier, et tout un peuple d'artisans, de compagnons et d'ouvriers s'affairait autour de l'édifice. Des manœuvres, chargés de lourdes auges de mortier, passaient entre les badauds qui guettaient la progression de l'œuvre. Des maçons, poussant devant eux des chariots de pierres, faisaient la navette entre les ateliers répartis sur le pourtour de l'édifice et l'intérieur de la nef. Jamais la petite ville n'avait été aussi vivante que durant ces vingt dernières années, depuis que le chantier cathédrale avait commencé.

Sous le porche latéral, un homme d'une trentaine d'années au teint rubicond se tenait debout, immobile, un cierge à la main. Ses lèvres remuaient en une silencieuse incantation et son regard semblait prendre le ciel à témoin. Quelques badauds s'étaient arrêtés pour le regarder.

– C'est l'aubergiste du Chat-qui-fume ! dit l'un d'eux.

– Je le sais bien, répondit Amaury. Mais qu'a-t-il donc fait pour être puni de la sorte ?

– Il a insulté André Malherbes hier soir : il l'a traité d'Anglais…

Tous ceux qui étaient là éclatèrent de rire. Le pénitent leur jeta un bref coup d'œil réprobateur avant de reprendre ses prières muettes.

Amaury rit de bon cœur avec eux, puis s'engagea dans une ruelle adjacente. L'automne avait été particulièrement doux et caressait encore de ses tièdes rayons les premiers jours de décembre. Amaury s'en réjouit en songeant que quelques bûches suffiraient à ses tête-à-tête nocturnes avec la pierre. Une légère brume irisait les façades bariolées des maisons jouxtant la cathédrale et la fraîche lumière soulignait les costumes chamarrés de ses contemporains. Amaury se sentit le cœur en fête en imaginant son Christ déjà terminé et orné d'une palette chatoyante de bleus, de jaunes, de rouges et de verts. Il aurait fière allure ainsi perché au milieu du portail ouest. Oui, Amaury avait de la chance. De cela, il ne doutait pas. En attendant, le plus difficile serait de trouver un modèle.

Il marchait d'un pas léger, évitant les immondices répandues sur le pavé. Un porc fouillait de son groin le ruisseau qui coulait au milieu de la rue. Une femme le

chassa en criant et le porc s'en alla poursuivre sa quête un peu plus loin. Au coin de la rue de l'Arbre vert officiait un crieur. Il battait tambour et ponctuait ses roulements d'un boniment publicitaire.

— Bon vin d'Espagne n'attend pas ! À l'auberge de l'Arbre vert, il coule à flots pour qui veut ! Bon vin d'Espagne à l'auberge de l'Arbre vert ! Bon vin !…

Amaury poursuivit son chemin, saluant au passage d'un signe de la main un artisan qui travaillait le cuir dans son échoppe. Sur la place Vogel, un mendiant se contorsionnant affreusement tendait sa sébile aux passants. Une femme qui tenait un enfant par la main fit un détour pour l'éviter car l'homme régurgitait par le nez et par la bouche un liquide d'apparence sanguinolente. Le spectacle était si effrayant qu'un jeune homme se laissa apitoyer et lui jeta une pièce. Amaury l'apostropha d'un ton moqueur.

— Ne te laisse pas impressionner par du jus de mûre, l'ami, sinon tu vas y laisser toutes tes économies !

Le jeune homme, bouche bée, regarda Amaury qui déjà s'éloignait, tandis que le mendiant coulait vers lui un regard mauvais. Mais de cela Amaury se souciait comme d'une guigne, car il était, depuis une heure, le plus heureux des sculpteurs. Il se remémora la scène qui s'était déroulée dans l'enceinte même de la cathédrale, une heure plus tôt.

« C'est Amaury Lasnier qui a été choisi, à l'unanimité, pour sculpter le Christ qui ornera le portail central de la cathédrale. »

Un murmure s'était fait entendre après la déclaration de Maître Jean et tous les visages s'étaient tournés vers Amaury, qui s'efforçait de rester impassible. Il ne réussit pas, toutefois, à empêcher qu'un léger sourire relevât les commissures de ses lèvres. Le choix qu'avaient fait les maîtres d'œuvre pour ce travail, d'habitude confié à un sculpteur plus âgé et ayant une parfaite maîtrise de son art, représentait la consécration pour Amaury. Car il n'avait que vingt-cinq ans, mais il égalait déjà les plus grands. Et ses camarades qui le regardaient avec un peu d'envie ce matin-là dans la nef de la cathédrale le savaient bien.

En ce début du mois de décembre 1244, la cathédrale d'Amiens était déjà en partie élevée. Il faudrait encore néanmoins plusieurs générations de compagnons avant qu'elle soit achevée. Depuis l'an 1220 où l'on avait posé la première pierre sous la direction de Robert de Luzarches, on n'avait cessé de retoucher le projet initial. Seize ans plus tard, la nef était livrée au culte. La cathédrale d'Amiens, en effet, au contraire des autres églises gothiques, avait été commencée par la nef, et non par le chœur ainsi qu'il était d'usage. À présent, la façade ouest se dressait, majestueuse, jusqu'à la frise au-dessus de la rosace, et le transept, qui n'était pas terminé, s'arrêtait juste sous le triforium du côté du chœur. Des artisans s'étaient rassemblés autour de ce gigantesque chantier, et certains d'entre eux étaient venus de loin. Amaury, lui, était originaire d'Amiens, mais il avait appris son art sur le chantier de la cathédrale Notre-Dame à Paris.

Ses compagnons l'avaient félicité, qui en lui tapotant sur l'épaule, qui en l'embrassant avec une chaleur mêlée d'amertume.

– Bravo, Amaury ! C'est un juste choix ! avait dit un grand garçon aux cheveux roux bouclés en l'embrassant.

– Si Dieu le veut, des siècles de pèlerins viendront contempler ton œuvre ! Comme je t'envie ! avait dit un autre qui était brun, avec un œil vif et enfoncé dans son orbite.

– Ton tour viendra, répondait Amaury, soucieux de réconforter son ami.

– Peut-être bien, oui, mais il n'y a qu'un seul portail central, et avant qu'on en finisse avec cette cathédrale, elle en aura fini avec nous !

Il avait fait un petit salut avant de s'éloigner et Amaury l'avait regardé partir, songeant à la grâce qui lui était faite. Puis, après avoir donné l'accolade à Maître Jean, il avait quitté l'édifice.

Amaury pénétra dans une maison cossue de la rue du Hocquet. Il vivait là avec son père, orfèvre de son état, et un jeune apprenti de celui-ci, Aymeric. Amaury s'était en effet insurgé dès son plus jeune âge contre la tradition familiale qui voulait que l'on naisse orfèvre. Il avait manifesté très tôt son indépendance en exprimant son désir de devenir sculpteur. Comme sa décision n'avait pas fléchi au fil des ans, Adam Lasnier, la mort dans l'âme, s'était résolu à laisser partir son unique enfant sur le chantier cathédrale à Paris. Il avait ensuite cherché quelqu'un à qui transmettre son art, et l'avait trouvé en la personne du jeune Aymeric, fils d'un de ses cousins de Calais. Le garçon était maintenant âgé de douze ans et montrait de l'ardeur au travail. Il n'en fallait pas plus pour contenter Adam Lasnier qui avait eu par ailleurs à affronter, un an après la naissance d'Amaury, une déception bien plus terrible. La mère d'Amaury, une jolie brune de vingt ans sa cadette, avait abandonné le foyer conjugal pour s'enfuir avec un trouvère d'Arras venu célébrer la fête des Fous. Cela s'était passé l'année de l'achèvement de la nef. Adam Lasnier avait pris le parti d'ignorer cet abandon, et faisait comme si la jeune femme était toujours là. Il lui parlait comme s'il la voyait et faisait régulièrement laver ses vêtements et préparer par la cuisinière ses plats préférés. On s'en était inquiété au début, mais étant donné que cette singularité n'entravait ni son métier, ni le cours des choses, et compte tenu qu'il était un homme respectable et respecté, la maisonnée s'y était habituée et avait recommencé à vivre normalement.

Amaury alla à la cuisine boire un bol de bouillon gras demeuré tiède dans un chaudron près de l'âtre. Les Lasnier s'étaient attaché les services d'une cuisinière nommée Anna, qui connaissait bien le caractère solitaire et rêveur des deux hommes et mettait un peu de douceur dans cette nichée de célibataires. Elle prenait toujours soin, avant d'aller se coucher, de laisser de quoi manger à Amaury qui oubliait régulièrement de venir souper.

Amaury reposa son bol et tendit l'oreille. Un chuchotement lui parvenait depuis la chambre de son père. Comme la porte était entrouverte, il risqua un œil discret à l'intérieur. Adam Lasnier était couché et parlait à voix basse au portrait de sa femme, suspendu en face du lit.

– J'ai eu du mal à en venir à bout, tu sais, disait-il, mais la pierre en valait la peine, tu as vu... oh oui ! Pour ça, il a fait soleil aujourd'hui, l'hiver s'annonce bien. Rarement il aura fait si doux en décembre...

Amaury soupira avec attendrissement et entra dans son atelier qui se trouvait aussi au rez-de-chaussée de la maison. Il s'approcha d'un beau bloc de pierre blanche et le caressa, longuement. Puis il prit son ciseau et donna de petits coups délicats pour dégrossir la pierre. Il travailla ainsi jusqu'à ce qu'on sonne matines[1] au clocher de l'église Saint-Nicolas. Alors seulement il se leva, posa son outil et s'essuya les mains à un morceau de toile blanche.

Le lendemain, Amaury se rendit sur le chantier où une réunion avait lieu, comme à l'accoutumée au milieu du transept. Les autres compagnons entouraient déjà Maître Jean lorsque Amaury les rejoignit.

– Ah ! Amaury ! Je veux que tu te consacres à la statue du Beau Dieu en priorité. Jean terminera les signes du zodiaque et Bernard les gargouilles manquantes au

1. Matines : minuit.

nord… Il ne fait pas encore très froid, mais on va quand même couvrir les voûtes de paille pour ne pas être pris au dépourvu…

À cet instant précis, un cri terrible fendit l'air et se répercuta sur les pierres avec tant de force que tous ceux qui étaient là en eurent la chair de poule. Presque au même moment, une énorme pierre tomba et explosa à grands fracas sur le sol à trois coudées à peine du petit groupe. Le rouquin fit un saut de côté, pas assez vite cependant pour éviter un éclat qui lui entailla le mollet. Un autre avait reçu une esquille et se frottait les yeux pour s'en débarrasser. Tous avaient reculé instinctivement et regardaient à présent en direction des échafaudages de la voûte où l'on apercevait quelque chose qui pendait au bout d'une poutre à plus de cent pieds de hauteur.

– Il y a quelqu'un là-haut ! Regardez !

À mieux y regarder en effet, il s'avéra que ce qui pendait là-haut était un homme suspendu par les mains. Son cri assourdi parvint jusqu'à eux.

– À l'aide !

La voix encourageante de Maître Jean s'éleva vers la voûte.

– Tiens bon ! On vient !

Puis il entraîna son petit monde.

– Vite, vous autres !

Ils se mirent tous à courir vers un des escaliers dissimulés dans le mur de la nef.

L'homme qui était en difficulté parvenait difficilement à maintenir sa prise. Ses doigts glissaient lentement, inexorablement. Soudain une de ses mains lâcha, et il poussa un autre cri en balayant le vide et en essayant de rattraper la poutre. Amaury déboucha le premier sur les échafaudages posés sur les arcs-boutants du transept. Il saisit la main de l'homme au moment précis où il allait tomber dans le vide. Maître Jean et un autre compagnon, arrivés en renfort, aidèrent Amaury à hisser l'homme sur les planches. Lorsque cela fut fait, ils tombèrent tous à genoux, épuisés. Le garçon qu'ils avaient sauvé ne put retenir quelques sanglots tant il avait eu peur. Son visage était blême, et il avait du mal à reprendre son souffle. Maître Jean lui tapotait l'épaule.

– Allez pleure, pleure, ça soulage ! Tu as eu bien de la chance de ne pas faire le plongeon, mon garçon !

– Je te connais, lui dit Amaury, tu es Thomas le Roux ! Qu'est-ce qui s'est passé ?

– Je… j'étais venu chercher mon couteau. Je l'avais perdu. Je pensais bien l'avoir oublié là. Alors je… j'avançais par là-bas quand j'ai vu un… un ladre[1] ! Il était agenouillé près du pilier, mais quand il m'a vu… il s'est levé et il est venu vers moi très vite. J'ai eu peur, alors… j'ai reculé et j'ai trébuché. J'ai voulu me rattraper à un bloc qui était là, mais il était mal calé, il est tombé et… tout a tourné autour de moi… Mon Dieu !…

Maître Jean s'étonna.

– Un ladre ? C'est impossible, voyons !

1. Un ladre est un lépreux.

– Sur mon âme ! Il portait une robe noire, comme ceux de la ladrerie[1] !

– Il a eu tout le temps de redescendre par un autre escalier pendant que nous montions, fit remarquer Amaury.

Un des compagnons, qui s'était approché du pilier indiqué par Thomas, poussa une exclamation.

– Venez voir !

Tous ceux qui étaient là se précipitèrent. Il y avait une excavation dans la pierre. Amaury introduisit sa main à l'intérieur.

– La pierre a été évidée… Mais il n'y a rien dedans !

Amaury, pensif, demeura à contempler le creux dans la pierre.

Quelques heures plus tard, un attroupement s'était formé dans la nef. Tous les compagnons voulaient savoir ce qui s'était passé. Thomas le Roux se tenait au milieu du cercle et faisait à présent figure de héros. Il répétait inlassablement à qui voulait l'entendre sa mésaventure, encore un peu surpris lui-même d'être devenu si rapidement le centre d'attraction. Soudain, un mouvement se fit dans la foule et un gros homme

---

1. Ladrerie (ou maladrerie) : lieu situé à l'extérieur de la ville où l'on regroupait les malades atteints de la lèpre. Nul ne s'approchait évidemment jamais de ce lieu, hormis quelques moines ou moniales qui prodiguaient leurs soins aux malheureux.

en robe brune en émergea. Le chanoine Clari était l'official chargé de juridiction par l'évêque. Le pouvoir juridique de la ville était à cette époque partagé entre le maire et ses échevins, d'une part, et l'évêque, d'autre part. Les uns et les autres s'efforçaient de rester sur leurs terrains respectifs, sauf lorsque l'affaire était de si grande importance qu'il était devenu évident qu'elle concernait tout le monde. En l'occurrence, les faits s'étant déroulés au sein même de la cathédrale, il avait été fait appel à l'évêque qui avait aussitôt envoyé son homme de confiance. Bien qu'il fût court sur pattes et de formes arrondies, le chanoine était un homme hautain qui se donnait des airs. Il faisait d'aussi grands pas que ses petites jambes pouvaient le lui permettre, jouant des coudes lorsque les artisans ne s'écartaient pas assez vite à son goût. Il était talonné par un jeune chanoine qui peinait à le suivre. Maître Jean l'accueillit avec la déférence qui seyait face à un représentant de l'ordre.

– Bonjour, chanoine Clari ! Nous n'étions pas certains de devoir vous déranger, mais nous avons préféré vous tenir au courant pour le cas où cet incident ne serait pas tout à fait… anodin…

– Vous avez bien fait ! Vous avez très bien fait ! La sécurité de nos habitants exige qu'on ne néglige aucun détail.

Puis il désigna Thomas le Roux d'un geste vague, mais sans s'adresser à lui directement.

– Je suppose que c'est ce jeune homme qui…

Mais Thomas se soucia peu qu'on l'ait interrogé ou pas et s'imposa avec enthousiasme.

– Oui, c'est moi qui ai manqué de tomber et j'ai vu un ladre qui s'enfuyait !

Le chanoine Clari le toisa et, se contentant d'un grognement à son intention, il se tourna vers le seul interlocuteur qu'il jugeait digne de lui, en l'occurrence Maître Jean.

– Cela est très étonnant en vérité. Les ladres n'ont pas le droit de circuler en ville sans autorisation préalable et, je me suis renseigné, aucune n'a été délivrée depuis plus de quinze jours. Mais peut-être ce garçon a-t-il mal vu ?

Le visage de Thomas refléta aussitôt l'indignation et il s'apprêtait à protester de façon véhémente. Mais il en fut empêché par un jeune garçon aux cheveux noirs, qui couvrit de sa voix claire toutes les autres voix.

– Excusez-moi, mais moi, je l'ai vu ! Je suis venu chercher Amaury et j'ai vu un ladre qui courait dans la rue Canteraine. Il courait vite, ça oui !

Le chanoine Clari regarda l'enfant avec l'air condescendant dont il gratifiait toute personne qu'il jugeait de peu d'importance.

– Je le connais. Il se nomme Aymeric et apprend le métier d'orfèvre chez mon père, dit Amaury en posant sa main sur l'épaule du garçon pour justifier son intervention.

– Oh, je peux vous dire qu'il courait vite le bougre ! Je n'en avais jamais vu courir aussi vite ! ajouta Aymeric.

– Bien. J'en référerai à Mgr Geoffroi. Cela est bien fâcheux. Je vais faire ma petite enquête…

Amaury profita de l'aparté du chanoine avec Maître Jean pour entraîner Aymeric un peu à l'écart.

– Que me voulais-tu ? demanda-t-il au jeune garçon.

– Oh ! Amaury, je voulais juste prendre l'air et voir les belles statues de pierre. Tu sais, j'ai décidé d'être sculpteur tout comme toi !

Amaury lui sourit, attendri.

– Allons ! Quelle est cette nouvelle idée qui te trotte par la tête ? N'en parle pas à mon pauvre père. Il serait si désolé.

– Mais moi, je ne voulais pas apprendre orfèvre, c'est mon père qui veut. Pourquoi est-on toujours obligé de faire ce que les parents disent ?

– Tu vois bien qu'on n'est pas obligé puisque je suis devenu sculpteur, moi. Allons, viens, nous finirons par trouver une solution pour toi aussi !

– Emmène-moi voir les statues, Amaury !

Ils quittèrent tous deux l'édifice en se tenant par la main et firent bientôt halte sous une statue de la Vierge qui ornait le portail latéral.

– Est-ce que c'est toi qui l'as faite celle-là ?

– Non, c'est Maître Jean.

– Elle est belle !

– Dis-moi, Aymeric, est-ce que tu as vu où se dirigeait ce ladre ?

– Quoi ? Oh, je crois que je l'ai vu tourner dans la rue de l'apothicaire…

– Dans la rue de l'apothicaire ? Tu en es sûr ? Mais c'est un cul-de-sac !

– Tiens oui, c'est vrai ! Je n'y avais pas pensé. Il me

semble bien que c'est là qu'il a tourné pourtant… Mais ça n'est pas tellement important, Amaury, n'est-ce pas ?

– Oui, tu as raison. Maintenant va, retourne à l'atelier, sinon mon père va s'inquiéter.

Aymeric, déçu, ne discuta pourtant pas l'ordre de l'homme qu'il admirait le plus et partit en trottinant. Amaury le regarda s'éloigner d'un air pensif.

Amaury, que cette histoire intriguait, avait décidé d'aller rôder du côté de chez l'apothicaire. La ruelle était effectivement un cul-de-sac. Hormis une somptueuse maison qui faisait l'angle et appartenait à un riche marchand, trois masures de torchis qui logeaient des ouvriers de la tannerie et un bout de jardin, on tombait ensuite sur le mur d'enceinte. En face, une autre maison cossue, puis la boutique de l'apothicaire, puis un jardin, puis trois autres petites maisons et le mur. Après avoir bien observé les alentours, Amaury pénétra dans la boutique. La porte se referma sur lui avec un petit tintement de cloche.

L'apothicaire, un homme d'une cinquantaine d'années, était occupé à une préparation et ne releva la tête qu'un court instant.

– J'arrive tout de suite !

Amaury en profita pour inspecter attentivement les lieux. Au fond, un recoin sombre devait mener dans une arrière-boutique ou à l'étage. La pièce était carrée

et entièrement couverte de rayonnages. On y trouvait toutes sortes de fioles et de pots contenant des herbes avec leur nom inscrit à la plume sur des étiquettes, bref, tout ce qu'une boutique d'apothicaire doit contenir. Ce dernier leva les yeux et s'aperçut du regard inquisiteur d'Amaury. Cela lui fut si désagréable qu'il interrompit sur-le-champ sa préparation et vint se planter devant lui.

– Vous désirez ?

– Je voudrais un onguent pour soulager les douleurs de mon père. Son dos le fait souffrir à l'approche de l'hiver.

L'apothicaire regarda Amaury avec suspicion.

– Ah oui ! Vous êtes Amaury Lasnier, n'est-ce pas ? Votre père est déjà venu en chercher lui-même il y a trois jours.

Amaury, gêné, se racla la gorge.

– Oui… oui sans doute, mais… le pot s'est renversé, et il nous en faut encore…

– Bien. C'est facile, j'en avais préparé plus que nécessaire.

Il monta sur un tabouret pour prendre un pot sur une étagère et revint chercher sous le meuble qui lui servait d'établi un récipient plus petit pour le transvaser. Ce faisant, il jetait de temps à autre un regard sur Amaury. La porte de la boutique s'ouvrit alors et un inconnu entra. Il était âgé d'une quarantaine d'années, portait une moustache et un costume un peu extravagant, comme avaient coutume d'en porter les « gens du voyage ». L'apothicaire sembla le reconnaître et n'être pas ravi de le voir. Il alla vers lui et lui dit quelques mots à voix basse. L'homme sortit aussitôt. Remarquant l'air perplexe d'Amaury, l'apothicaire devança sa question.

– Il est venu trop tôt. Sa potion n'est pas prête.

– Ah ? Je ne crois pas l'avoir jamais vu. Il n'est pas d'ici ?

L'apothicaire lui répondit sèchement :

– Je ne sais pas. Je sers tous les clients, même ceux que je ne connais pas. Voilà, c'est prêt. Ça fait deux deniers.

Amaury sortit quelques pièces de sa bourse et les donna à l'apothicaire. Puis il sortit distraitement, oubliant sa potion. L'apothicaire le rappela avant qu'il n'eût franchi le seuil. Amaury bafouilla des excuses et mit la potion dans la poche de son garde-corps[1]. Il pensa en lui-même qu'il faisait un bien piètre enquêteur, mais il ne vit pas l'apothicaire soupçonneux s'approcher de la vitre pour le regarder s'éloigner.

Le lendemain était jour de marché. Plusieurs bateaux avaient déjà débarqué leurs chargements d'épices et d'étoffes précieuses et une grande barque de poissons était encore à quai. Nombre de marchands déambulaient sur les quais ainsi qu'une foule de badauds avides de découvrir les dernières marchandises arrivées d'Orient. Amaury errait au hasard des étals improvisés, touchant là une étoffe, respirant ici une poudre jaune enivrante, soupesant encore un fruit rond et orangé. Puis il alla s'asseoir sur la pile du pont et se mit à scruter les visages. Thomas le drapier marchandait une pièce de tissu de Damas. Il avait un beau visage blond à l'ovale un peu triste, le nez trop court pour être un messie honorable. Eudes, le chanoine de Saint-Firmin, avait un regard de feu, mais la mâchoire trop ronde et le visage trop large. Il y avait aussi François Le Waidier au beau profil aquilin, mais son œil était trop enfoncé dans son orbite. Il erra ainsi plusieurs heures. Quelques

---

1. Vêtement de dessus, avec ou sans manches, que les hommes portent par-dessus le surcot, qui est une longue tunique.

passants lui adressèrent un salut amical. Puis un garçon aux cheveux blonds bouclés et à l'œil bleu très pâle vint le prendre chaleureusement par les épaules et s'asseoir près de lui. C'était Eustache, son ami le trouvère, qui portait son luth en bandoulière.

– Eh bien, Amaury ! Comme te voilà contemplatif ! Et quelle grande occasion peut bien te retenir hors de ton atelier aujourd'hui ? C'est un jour à marquer d'une pierre blanche, ma parole !

Eustache, content de son mot, éclata de rire et Amaury fut gagné par la bonne humeur de son ami.

– Tu as deviné juste ! Vois-tu, je cherche quelqu'un, mais… je ne sais pas encore qui.

– Hum… la tâche est ardue… Et… comment comptes-tu le reconnaître ? ajouta Eustache, narquois.

– Oh, quand je l'aurai vu, je suis sûr de le reconnaître !

Il rit, heureux d'avoir réussi à intriguer son ami. Puis il posa sa main sur le bras d'Eustache et lui dit en baissant la voix :

– Figure-toi que j'ai été choisi pour sculpter le Christ du portail central de la cathédrale. Il me faut donc trouver un modèle, voilà !

– Ah ! Mais il fallait me le dire tout de suite ! Je suis ton homme ! Qu'en penses-tu ? dit Eustache en écartant les bras pour mieux se faire admirer.

Amaury, qui était habitué aux facéties de son ami, lui sourit.

– C'est-à-dire que… vois-tu… hum… ! Tu ne corresponds pas tout à fait à l'idée que je me fais du Christ. Mais si ça peut te consoler, voilà deux jours pleins que je cherche et je n'ai pas vu un seul visage qui s'en approche seulement, hélas !

– Ça ne m'étonne pas ! Tu es si difficile ! Elle n'est sans doute pas née la femme qui fera vibrer ton cœur !

– Il s'agit bien d'une femme ! C'est le Fils de Dieu que je cherche !

– Tant mieux alors, tout n'est peut-être pas perdu, parce qu'une femme, on ne la cherche pas, on la trouve.

Il fit un clin d'œil malicieux en invitant Amaury à le suivre et ils se mêlèrent à la foule. Ils firent une halte devant l'étal d'une jeune fille qui vendait de petits pâtés en croûte. Amaury en acheta deux et en tendit un à son compagnon. Ils continuèrent leur chemin en croquant dans leurs pâtés.

– Eh bien, dis-moi : comment vont tes amours ? demanda Amaury qui avait la bouche pleine.

– Oh, moi !... Je vois Adèle chaque jour si je veux. Mais elle semble tellement se réjouir de ses fiançailles avec Hugues de Cressy...

– Lui as-tu avoué ton amour ?

– Oh, non ! Je n'ose pas. Ce n'est encore qu'une enfant...

– Oui ! Une enfant de dix-sept ans en vérité ! Et qu'un homme de trente ans va bientôt te ravir si tu n'y prends pas garde ! répliqua Amaury, espérant ainsi faire réagir son ami.

– Il a beaucoup d'argent. Je ne fais pas le poids avec ça, dit Eustache accablé en montrant son luth.

– Ça dépend évidemment si tu veux épouser les parents aussi... mais elle a peut-être son mot à dire ?

– Amaury ! Il faudrait qu'elle m'aime pour cela !

– Oui. Ça fait une raison de plus pour lui demander ce qu'elle en pense. Suppose qu'elle t'aime depuis longtemps et se languisse de te voir si timoré ?

– Oh ! Tu le penses ? Ou tu dis cela pour me faire plaisir ?

Amaury éclata de rire devant la confusion de son ami et les éclats de son rire se perdirent dans la rumeur joyeuse d'une espèce de fanfare qui les empêcha de poursuivre leur conversation.

Au loin, sur le quai, une clameur allait s'amplifiant. Deux charrettes tirées par des chevaux se dirigeaient vers eux. Des silhouettes surmontées d'étranges coiffes et vêtues de costumes bariolés émergeaient de la voiture, chantant, jouant et criant. Un homme en justaucorps bicolore ouvrait la marche, jonglant avec des balles multicolores, tandis que deux autres faisaient des sauts périlleux de chaque côté de la voiture. Eustache et Amaury s'arrêtèrent pour les regarder passer.

– Des jongleurs ! Peut-être trouveras-tu ton modèle parmi eux ? lui dit Eustache en avalant une dernière bouchée de pâté.

En passant près d'eux, l'un des deux acrobates s'approcha et vint faire une révérence devant Amaury. Sous son justaucorps, on devinait une jeune paire de seins. Bien qu'il fût affublé d'un masque, son visage très pâle contrastait avec celui de ses compagnons et seul son bonnet grotesque aux couleurs d'arc-en-ciel l'apparentait au reste de la troupe. L'acrobate décocha un sourire angélique à Amaury, puis s'éloigna comme un feu follet.

Amaury en fut profondément surpris et même troublé. Eustache sauta sur l'occasion pour moquer son ami.

– Hum… ce jeune jongleur m'a tout l'air d'être une espiègle jongleuse qui te trouve à son goût, Amaury ! Ça pourrait te faire une petite distraction…

Amaury haussa les épaules.

Les carrioles avaient fait halte et un homme qui semblait être le chef de la troupe s'était perché sur une des piles du pont. Il portait des chausses et une cote jaunes et il était coiffé d'un large chapeau débordant de plumes multicolores. Depuis cette position dominante, il se mit à haranguer la foule.

– Salut à vous, jeunes gens d'Amiens et à vous aussi, les moins jeunes ! Salut à tous ! Nous voilà dans votre bonne ville pour vous distraire et, aussi, pour vous donner de fraîches nouvelles de la croisade !

La foule fit rapidement cercle autour de lui, autant parce qu'elle aimait la venue des jongleurs que parce qu'elle savait que les voyageurs étaient toujours porteurs de nouvelles du pays de France. Amaury et Eustache furent malgré eux propulsés dans les premiers rangs. Amaury cherchait encore des yeux la jeune jongleuse, mais elle avait disparu. Le jongleur cependant commençait sa harangue.

– Jérusalem a été pillée cet été !

Un mouvement d'indignation unanime parcourut la foule. L'homme était satisfait et poursuivit sur le même ton.

– Parfaitement, bonnes gens ! Et l'armée du sultan d'Égypte a écrasé les troupes franques à la Forbie !

La foule réitéra sa désapprobation.

— En conséquence de ce désastre, le roi va peut-être prendre la décision de se croiser !

Cette fois, l'auditoire fut au comble de l'angoisse. En ces temps incertains, le peuple appréciait un souverain tel que Louis IX qui avait fait revenir l'ordre dans la majorité du pays, et la perspective de le voir s'éloigner pour, peut-être, ne plus revenir, ne réjouissait personne. Sans compter que les départs aux croisades s'accompagnaient le plus souvent de lourds impôts destinés à financer les armements de ceux qui partaient. Aussi, çà et là s'élevèrent des protestations.

— Non ! Non ! Qu'il reste ! Il sera tué ! Louis doit rester !

Dans la foule, tout près d'Amaury, un jeune moine discutait avec son compagnon.

— Moi, je pense qu'il faut qu'il parte ! Il faut libérer Jérusalem !

— Eh bien, vas-y, toi ! lui répondit d'un ton peu amène une femme qui se trouvait derrière lui.

Le jeune moine indigné ne sut que répondre et crut plus prudent de se taire, cependant que le jongleur continuait.

— Mais Louis est gravement malade ! Il s'en va par le fondement ! On a promené les reliques à Toulouse et à Orléans et à Paris aussi ! Peut-être bien qu'on le fera bientôt ici aussi !

— Partirais-tu en croisade, Eustache ? demanda Amaury à son ami.

— Moi ! Mais je ne peux pas abandonner Adèle !

Amaury s'esclaffa et la femme qui avait apostrophé le moine regarda Eustache d'un air approbateur.

– Tu as bien raison ! Qu'est-ce qu'on deviendra quand ils nous auront pris tous nos hommes, ces curés et ces évêques ! Mais peut-être bien qu'ils croient que c'est avec eux qu'on se consolera !

Les rires fusèrent autour d'eux. Cette fois, le jeune moine se retourna, piqué au vif.

– Quelle impudence ! L'Église n'a-t-elle pas besoin de bras pour libérer le royaume que Dieu nous a légué !

La femme ne fut pas le moins du monde impressionnée par ce discours et lui renvoya la balle avec insolence.

– Ah ! Si c'est un cadeau de Dieu, il nous reviendra de droit un jour ! Moi, j'ai tout mon temps ! Mais si tu es pressé, vas-y voir, petit moine ! Vas-y…

Disant ces mots, elle s'approcha de lui en minaudant comme si elle allait le prendre par le menton. Il fit deux pas en arrière, épouvanté. La foule s'agitait et devenait partisane et le brouhaha devint général. Les saltimbanques l'avaient bien compris, qui recommencèrent à jouer du tambourin. Amaury fit signe à Eustache qu'il allait s'éclipser et il se fraya un passage pour échapper à la cohue.

– À bientôt, Eustache ! Et garde espoir !

Son ami lui rendit son salut et Amaury disparut dans la foule.

Le soir de ce même jour, peu après complies[1], Amaury revint sur le chantier déserté. Sa quête d'un modèle pour sculpter le Christ étant demeurée infructueuse, il commençait à se demander s'il n'allait pas lui falloir voyager pour le trouver, ce qui retarderait d'autant l'accomplissement de sa tâche. Un autre que lui se serait évidemment contenté de Thomas le drapier ou de François Le Waidier, mais Amaury cherchait toujours la perfection. Cette quête exigeait de lui des trésors de patience et d'assiduité. Il était donc venu chercher réconfort et inspiration en ce lieu qu'il vénérait entre tous. Il s'avança jusqu'au centre de la nef, et son regard explorait les ténèbres des voûtes qu'on venait de recouvrir de paille pour l'hiver. Il songea, en fouillant ainsi l'obscurité, à l'étrange accident qui était advenu à son compagnon.

Soudain, il crut entendre un frottement sur la pierre. C'était un bruit léger, mais qui s'amplifiait en se rapprochant. Amaury regarda autour de lui. Tout semblait calme et baignait dans une ombre épaisse, à l'exception du triforium où quelques cierges brûlaient en permanence. Le bruit cessa. Et ce silence était presque plus inquiétant que le bruit qui l'avait précédé. Prudemment, car il craignait d'avoir affaire à quelque rôdeur, Amaury se dirigea vers le portail. Ce fut alors qu'une silhouette surgit de derrière un pilier, comme si elle venait de se matérialiser. L'apparition, vêtue d'une robe noire à capuchon avec deux mains d'étoffe blanche

1. Complies : vingt et une heures.

cousues sur la poitrine[1], venait droit sur lui. Elle fut bientôt si près d'Amaury que celui-ci crut sentir l'odeur doucereuse de la lèpre. Il eut un léger mouvement de recul.

— Ne me crains pas, dit l'homme.

Amaury s'efforçait de demeurer impassible tandis que l'homme reprenait la parole.

— Je sais ce que tu cherches et je sais aussi où tu peux le trouver.

Amaury sortit de sa torpeur. Il n'était pas sûr d'avoir bien entendu. Et si oui, comment était-ce possible ?

— Qui t'a renseigné ?

— Personne ne m'a renseigné. Viens à présent, suis-moi.

Disant cela, il posa sur le bras d'Amaury sa main enveloppée de chiffons pour l'inviter à le suivre. Amaury dégagea vivement son bras, provoquant le sourire de son étrange compagnon et, comme celui-ci tournait les talons et se dirigeait vers le portail, il lui emboîta malgré lui le pas.

« Voilà que je deviens fou, pensa-t-il. Il me semble que mon corps a décidé d'obéir à un homme que je ne connais même pas. Et c'est un ladre de surcroît ! Qui sait si ce n'est pas lui qui se trouvait sur les échafaudages l'autre jour et qui a effrayé Thomas… »

À cet instant précis, le lépreux s'arrêta et, montrant à Amaury sa robe noire, il lui dit :

— Cette robe est certes un costume bien commode pour circuler incognito, mais je ne suis pas celui auquel tu penses en ce moment.

---

1. Il s'agit du costume traditionnel porté par les lépreux.

Amaury demeura bouche bée tandis que le lépreux se remettait à marcher. Amaury le suivit, comme un homme privé de volonté. Et ils se retrouvèrent bientôt rue du Hocquet devant la maison d'Amaury où l'homme fit halte.

– Ton atelier est bien ici, n'est-ce pas ?

– Oui, mais…

– Eh bien, montre-le-moi.

– C'est impossible. Mon père…

– Ton père est allé se coucher à cette heure-ci et, de toute façon, je te promets qu'il ne me verra pas. Allons, ne me crains pas. Fais ce que je dis.

Amaury hésitait encore et considérait le lépreux. Et si c'était simplement un misérable voleur décidé à piller l'atelier de son père ? Amaury ne parvenait plus à raisonner normalement car il semblait émaner de l'homme une force qui l'envoûtait. D'ailleurs, comme s'il devinait encore ses pensées, son étrange compagnon dissipa ses doutes.

– Je connais le métier de ton père, mais tu n'as pas à craindre pour ses métaux précieux. Je suis si riche, en réalité, que tu ne peux même pas te l'imaginer.

– Tu devines donc toutes mes pensées ?

– Oui. Et c'est pourquoi je suis venu.

Ils entrèrent.

Dans l'atelier, le lépreux se dirigea droit vers la pierre dans laquelle la silhouette du Christ avait été ébauchée. Il l'examina d'un œil de connaisseur.

– Bravo, Amaury ! Tu as bien choisi la pierre ! Elle

est lisse et sans défaut. On reconnaît là le véritable artiste.

– Tu connais mon nom aussi, naturellement.

– Naturellement. À présent, je t'ai promis un modèle et je tiens ma promesse. Voilà.

Ce disant, il tourna le dos à Amaury et fit glisser son capuchon.

– Tu te moques de moi sans doute ? dit Amaury. Tu as beau être devin…

Mais Amaury s'interrompit car l'homme s'était retourné et son visage se révélait à lui dans toute sa splendeur. Sa carnation pâle et ses longs cheveux bruns coulant sur ses épaules mettaient admirablement en valeur un regard sombre et d'une intensité telle qu'il en était difficilement soutenable. En outre, il irradiait de tout son corps comme un halo de lumière douce. Amaury respirait à peine.

– Eh bien ? Ce visage te convient-il ?

– Co… comment un tel prodige est-il possible ?

– Nous verrons ce genre de détail plus tard, répondit l'homme avec un geste négligent. Prends plutôt tes outils et mets-toi vite au travail.

Disant cela, il sortit un livre des plis de sa robe et, le tenant à la hauteur de sa poitrine, s'immobilisa si bien qu'on eût dit qu'il était déjà lui-même une statue. Amaury, enfiévré, prit son ciseau et se mit à l'ouvrage.

Après plusieurs heures d'un travail acharné, la fatigue commença à engourdir ses gestes. Ses yeux avaient reçu tant de poussière de pierre qu'il s'interrompit pour les frotter. Il entendit alors la voix douce du lépreux qui disait :

— Repose-toi maintenant. Je reviendrai demain, à la même heure.

Et lorsque Amaury regarda à nouveau devant lui, il ne vit plus qu'une place vide à l'endroit où son modèle était assis encore un instant auparavant. Il se précipita dans la ruelle.

Il crut voir une ombre s'enfoncer dans la nuit, en direction de la rivière. Il s'élança en courant derrière elle, puis s'arrêta pour tendre l'oreille. Seul le silence lui répondit. Il continua un peu au hasard, vers la rivière, mais il avait bel et bien perdu sa trace. Il marcha jusqu'au pont et se pencha au balustre. Le clapotis serein de l'eau enrobait tous les bruits. Il contempla le reflet de la lune sur la surface métallique de l'onde et interrogea la nuit silencieuse.

« Qui est cet homme étrange ? Comment son visage tuméfié de plaies a-t-il pu se transformer en un instant ? Et comment pouvait-il lire dans ma pensée ? »

Mais la lune elle-même semblait se moquer de lui. Sur son visage rond était dessiné une sorte de sourire narquois. Amaury avait l'impression de devenir fou. Le chant lancinant de la rivière l'hypnotisait et il crut même entendre la voix de l'eau qui lui disait que l'important, c'était de vivre ardemment chaque instant qui s'écoulait. Amaury frissonna et s'aperçut que la nuit était fraîche et qu'il était sorti sans manteau. Il rebroussa chemin jusque chez lui. Là, épuisé, il s'écroula sur son lit où il s'endormit d'un sommeil de plomb.

Le lendemain matin, Amaury se dirigeait à grandes enjambées vers l'atelier de Maître Jean lorsqu'il aperçut, marchant dans sa direction, Adèle Picquet, la jeune fille pour laquelle son ami Eustache soupirait, à l'en croire, depuis sa plus tendre enfance. Il est vrai qu'Adèle était une des plus ravissantes brunes au teint laiteux qui se puissent voir à des lieues à la ronde. Bien qu'elle ne fût pas noble, elle était très courtisée. Elle était ce matin-là accompagnée de sa mère, une femme brune aussi, un peu effacée et timide. Hugues de Cressy, un brun au port altier âgé d'une trentaine d'années, marchait auprès d'Adèle, suivi par son serviteur, Jacques, un jeune gringalet au profil en lame de couteau. Amaury ne put s'empêcher de penser que c'était là un curieux assemblage. Il n'avait jamais compris comment Adèle avait pu tomber aussi vite amoureuse d'Hugues de Cressy, qui, somme toute, n'habitait Amiens que depuis six mois. Il supposait que sa fortune et la réputation de largesse dont Cressy avait su s'entourer dès son arrivée avaient surtout séduit les parents d'Adèle. La mère de la jeune fille devait y voir en outre une occasion de rendre à sa fille la noblesse qu'elle avait perdue en épousant un simple bourgeois. Et puis, Adèle était encore une enfant capricieuse, et elle s'était laissé griser par le faste déployé par Hugues de Cressy et les cadeaux dont il la couvrait. Ce dernier cependant semblait véritablement épris d'Adèle et c'était un mystère pour Amaury qui avait toujours privilégié son art, reléguant l'amour au rang des futilités qui pouvaient attendre. D'ailleurs, à quoi bon se donner de la peine pour une femme qui partirait peut-être un jour avec un trouvère…

Il salua Adèle et sa mère lorsqu'elles passèrent à sa hauteur. Voyant qu'Adèle rendait son salut et son sourire à Amaury, Hugues de Cressy se crut obligé de lui adresser un petit hochement sec de la tête. Amaury continua son chemin, mais avant de tourner le coin de la rue il se dissimula dans l'ombre d'un auvent afin de les observer encore un instant. Il vit Adèle qui soupesait une étoffe orientale richement brodée. Aussitôt Hugues s'en empara, donna quelques pièces au marchand et tendit l'étoffe à Adèle avec un empressement qu'Amaury jugea ridicule. La jeune fille semblait quant à elle toute pleine de reconnaissance. Elle offrit son bras à son bienfaiteur sous le regard attendri de sa mère. Le petit groupe s'éloigna et Amaury s'apprêtait à en faire autant, lorsqu'il aperçut une silhouette tapie comme il l'était lui-même dans l'ombre d'une porte cochère à quelques enjambées devant lui. Il s'agissait, à en juger par sa corpulence, d'un garçon jeune, aux cheveux bruns mi-longs, qui portait une cotte bleu foncé plus très fraîche et des chausses usées. Amaury le voyait seulement de dos et ne pouvait pas voir son visage. Brusquement, le garçon quitta son abri et s'élança à la suite d'Adèle et de ses compagnons. Il ne devait guère avoir plus de quinze ans et son corps mince et galbé semblait celui d'un elfe. Amaury haussa les épaules et continua son chemin. Tout était décidément bien étrange en ce moment, pensa-t-il. Les lépreux circulaient librement en ville, et de jeunes inconnus prenaient des notables en filature. Mais lui-même, n'était-il pas allé acheter un pot d'onguent inutile chez un apothicaire sous prétexte de satisfaire sa curiosité ?

Amaury ignorait qu'elle allait avant peu être à nouveau mise à l'épreuve. En effet, lorsqu'il déboucha dans la rue des Tripes, il remarqua une affluence inhabituelle. Il fut même bientôt obligé de ralentir, car une foule toujours plus dense lui barrait le chemin. Il se retrouva à côté d'une grosse femme qui jouait des coudes pour arriver plus vite aux premières loges.

– Qu'est-ce qui se passe encore aujourd'hui ? lui demanda Amaury.

– Je ne sais pas moi ! Sûrement quelque chose de sensationnel, mais on ne voit rien !

Amaury avait suivi le mouvement et il avait fini par se retrouver, comme tout le monde, au bord de la rivière. Là, il se fraya un chemin jusqu'au pont. Ce faisant, il put entendre çà et là dans la foule des bribes de commentaires.

– Un noyé… oui, c'est un ladre… je l'ai vu !… Le chanoine Clari… c'est intolérable… un ladre en ville !…

Lorsque Amaury eut atteint le pont, le brouhaha était à son comble, et c'est alors qu'il découvrit avec stupeur le corps d'un homme qui flottait sur le fleuve.

Amaury se rendit compte avec horreur que le noyé portait une robe noire de lépreux avec deux mains cousues sur la poitrine. Il redoutait tellement que le noyé fût son modèle qu'il n'eut plus de cesse que de parvenir, lui aussi, au premier rang. Il continua donc de progresser, bousculant sur son passage quelques personnes qui protestèrent avec véhémence.

Deux jeunes chanoines étaient en train de ramener le cadavre vers la berge avec de longues perches, sous l'œil attentif de l'official. Mais Clari n'était pas le seul représentant de l'ordre. Cette fois, il y avait mort d'homme et l'affaire était devenue trop grave pour qu'on la laissât sous la seule juridiction de l'évêché. Un échevin[1], représentant du pouvoir du maire, était présent. Amaury reconnut Grégoire de Croy pour lequel il avait beaucoup d'estime car c'était un homme juste et bon. Sa belle chevelure grise seyait bien à ce quinquagénaire dont le visage paisible aux traits réguliers inspirait le respect. Il était veuf depuis une douzaine d'années déjà et, bien que les femmes nobles et seules ne manquassent pas dans le pays, il n'avait jamais voulu se remarier par fidélité à son épouse trop tôt disparue.

Lorsque le noyé eut été amené contre la berge, les deux jeunes chanoines eurent un moment d'hésitation. C'est alors que la voix autoritaire du chanoine Clari, un peu assourdie mais bien distincte, s'éleva.

---

1. La ville était dirigée par un maire et huit échevins qui faisaient fonction de juges, d'administrateurs et avaient en charge la gestion financière et la police. Ils représentaient un pouvoir parallèle au pouvoir ecclésiastique.

– Eh bien ! Qu'est-ce que vous attendez ? Dépêchez-vous ! Remontez-le !

Les chanoines durent obtempérer à contrecœur et déposèrent le cadavre sur l'herbe fraîche. Ils se précipitèrent ensuite tous les deux vers la rivière afin de purifier leurs mains des miasmes de la maladie.

Amaury se trouvait tout à côté du cadavre quand Grégoire de Croy écarta du bout de son épée le capuchon du lépreux. Une énorme et unanime stupéfaction émana de la foule. En effet, le visage du noyé n'était pas celui d'un lépreux, mais celui d'un homme sain, âgé d'environ quarante ans, et portant une balafre en travers du menton. Amaury en fut soulagé. Le chanoine Clari s'agenouilla devant le corps et examina en hâte les mains du noyé qui se révélèrent, tout comme son visage, parfaitement saines. Un murmure se répandit dans la foule. Amaury se pencha pour examiner le cadavre plus attentivement, car il lui semblait que le cou était tuméfié comme si on l'avait étouffé. Il fit si bien qu'il trébucha et manqua de tomber. Les grands gestes de balancier qu'il avait dû faire pour rétablir son équilibre avaient attiré l'attention du chanoine Clari.

– Tiens tiens ! Vous êtes donc toujours aux premières loges, mon jeune ami, lorsqu'il se passe quelque chose ?

– C'est-à-dire que je… je passais par là, simplement…

Le chanoine Clari secoua la tête d'un air dubitatif.

– Bien sûr, bien sûr… simplement !

Grégoire de Croy alors intervint.

– Je connais ce garçon et j'en réponds.

– Oui, oui. Nous verrons…

Le chanoine Clari se tourna vers les deux jeunes chanoines qui étaient restés plantés là, les bras ballants,
attendant les consignes.

– Allez, venez ! Nous emmenons le corps au chapitre.

Les deux chanoines se regardaient en hésitant encore.

– Mais dépêchez-vous ! Vous voyez bien comme moi
que ce n'est pas un ladre !

Alors les chanoines se précipitèrent et prirent le
corps, l'un par les pieds, l'autre par les épaules.

– Je souhaite être présent lors de l'examen du corps,
dit l'échevin à l'official.

– Mais c'est tout naturel. Venez, nous cheminerons
ensemble, cher ami.

Et le convoi s'éloigna, avec le chanoine Clari en
tête qui faisait des moulinets avec son petit bras pour
écarter la foule. Amaury demeura un moment immobile et songeur. La foule le bouscula car elle suivait le
convoi. On entendait les cris du chanoine au loin.

– Dégagez ! Allez, dégagez ! Laissez passer, voyons !
Dégagez !

Amaury suivit le mouvement.

La troupe de saltimbanques s'était installée devant
la cathédrale. L'un d'eux jonglait avec des quilles. Les
autres jouaient du tambourin, du chalumeau ou de la
flûte. Un autre encore faisait danser un ours. C'était
l'homme qu'Amaury avait vu entrer et ressortir de chez
l'apothicaire. L'homme, vêtu de jaune et d'un chapeau
à plumes, qui avait harangué la foule en lui donnant
des nouvelles des croisades, semblait être leur chef et

surveillait les évolutions de tout son petit monde. Lorsque le convoi du noyé déboucha par l'est suivi d'une foule compacte, pour s'engouffrer dans la ruelle perpendiculaire à la cathédrale, il se réjouit de cette foule qui venait à eux sans efforts.

– Les voilà, mes amis ! Voilà notre bonne aubaine ! Toute cette bonne ville rassemblée pour admirer notre talent !

Le montreur d'ours avait fait une sale grimace et maugréait entre ses dents.

– Tout ça grâce à Gino, pauvre vieux !

– S'il n'avait pas trafiqué des affaires louches, il n'en serait peut-être pas là ! rétorqua son chef qui l'avait entendu. Et tu ferais bien de te méfier aussi, Robert ! En attendant, souris, on te regarde !

Ledit Robert exécuta un sourire vipérin en coulant un regard mauvais à l'intention de son chef. Dès qu'il eut le dos tourné, il cracha même par terre derrière lui. Mais le chef se retourna aussitôt en faisant mine de le frapper. Robert avait mis instinctivement son bras devant lui pour se protéger, tandis que l'ours, excité, envoyait un coup de patte vengeur que le chef des jongleurs évita de peu. Les spectateurs crurent que c'était exprès et applaudirent.

La foule qui suivait le noyé se trouva bientôt mêlée à celle qui assistait au spectacle. Le chanoine Clari jeta un coup d'œil méprisant aux jongleurs au moment où il passait près d'eux, puis détourna la tête et pressa le mouvement. En revanche, comme l'avait prévu le chef de la troupe, la majorité des gens qui suivaient le cadavre changea d'avis et s'attroupa autour des saltimbanques.

Avant même de voir le dresseur d'ours, Amaury avait reconnu la jeune fille en justaucorps qui l'avait accosté la veille. Elle marchait à présent sur un fil souple tendu entre deux blocs de pierre. Deux de ses compagnons l'accompagnaient, ponctuant les figures difficiles tantôt d'un grondement sourd du tambourin, tantôt d'un trille aigrelet de la flûte.

La jeune funambule jonglait sur son fil avec des balles de son. Les applaudissements crépitèrent.

Amaury s'approcha et vit l'ours qui sautait dans un cerceau de feu. C'est à ce moment-là qu'il reconnut le client de l'apothicaire. Robert s'aperçut immédiatement qu'Amaury le fixait, et une lueur d'inquiétude passa dans son regard. La foule à ce moment poussa un cri d'admiration qui détourna l'attention d'Amaury, car la jeune funambule venait de faire un saut périlleux avant, se recevant de justesse sur le fil qui tangua dangereusement. Le chef de la troupe lui-même se saisit d'un tambourin et se mit à battre de grands coups solennels.

– Gentes dames et gentils messieurs, vous allez maintenant assister à l'une des choses les plus difficiles au monde ! Notre jeune équilibriste, Lisa, va effectuer un saut périlleux arrière sur la corde ! C'est un exercice très dangereux ! On l'applaudit pour l'encourager !

Il donna encore quelques coups de tambour tandis que la jeune fille cherchait son équilibre. Puis les coups se firent très espacés et le silence s'installa dans la foule qui retenait son souffle. Amaury, gagné par l'angoisse, se tenait aussi immobile qu'une statue de pierre. Ses lèvres tremblantes et ravies murmuraient le prénom qu'elles venaient d'apprendre : « Lisa ». Ce mot lui semblait le plus doux et le plus beau de tous ceux qu'il lui avait été donné de connaître. Il ressemblait à une sorte de sésame, d'incantation magique : Lisa. Lisa réussit magnifiquement son salto arrière et la foule soulagée l'applaudit à tout rompre. Les musiciens se remirent à jouer et Robert à faire danser son ours. Le chef donna une sébile à Lisa et à l'un des musiciens.

– Mes jeunes amis vont passer parmi vous maintenant pour recueillir leur salaire. Merci pour eux ! Et n'oubliez pas de nous rendre visite au pré Malaquis où notre grand mage Baldr, héritier direct du célèbre druide Merlin, lira votre avenir dans sa coupe magique !

Les deux jeunes artistes passèrent parmi les spectateurs pour recueillir les piécettes qu'on voulait bien leur donner. Lisa fut bientôt devant Amaury qui arborait un large sourire extatique et un peu bêta. Elle lui sourit à son tour et son regard s'attarda dans celui du sculpteur qui, très vite, se troubla. Il s'aperçut alors qu'elle lui tendait la sébile et fut obligé de s'excuser.

– Je n'ai pas pris d'argent… je… je suis sincèrement désolé.

Lisa ne cessa pas pour autant de sourire. Elle s'éloigna simplement pour recueillir d'autres aumônes.

– Pour les artistes. Merci, merci.

Amaury se sentait un peu honteux et se résolut à contrecœur à rentrer chez lui.

Le soir même, Amaury sortait de chez Maître Jean lorsqu'il fut abordé par une silhouette vêtue d'un long manteau de velours noir. Elle l'arrêta en posant la main sur son épaule. Amaury, qui était perdu dans ses pensées, sursauta. C'était Grégoire de Croy qui revenait du chapitre.

— Je t'ai fait peur, Amaury ? Ma foi, je t'ai connu plus serein. Je vais finir par croire que cet enragé de Clari n'a pas tout à fait tort en te soupçonnant…

— Il me soupçonne, moi ! Mais de quoi ? Grand Dieu ! répondit Amaury qui tombait des nues.

— Tu étais là quand Thomas a trébuché…

— Certes, mais j'étais en bas et lui en haut !

— Tu étais là aussi quand on a sorti le corps du noyé.

— Il y aurait donc un rapport ? Et croyez-vous que l'assassin revienne sur les lieux de son crime ?

— Qui t'a dit qu'il s'agissait d'un crime ?

— Ma foi… il m'a semblé que… les traces sur son cou…

— Tu es fin observateur ! On l'a étranglé en effet, à mains nues. Mais j'aimerais savoir pourquoi tu t'intéresses tellement à ces événements…

— Je ne sais pas. Le hasard a voulu que je sois présent les fois que vous dites. J'aimerais simplement comprendre ce qui se passe dans cette ville en ce moment. Je n'ai pas d'autre raison.

— Irais-tu jusqu'à mener ta propre enquête ?

Amaury avait répondu en hésitant qu'il n'en savait rien, mais ses yeux disaient si bien sa convoitise que Grégoire de Croy décida de l'informer davantage.

– Alors, écoute bien ce que je vais te dire et fais-en bon usage. Figure-toi qu'on a retrouvé autour du cou du noyé étranglé un collier de dents creuses…

– Ça alors ! Un arracheur de dents ?

Grégoire de Croy secoua la tête. Amaury fit tout de suite le rapprochement avec la troupe de jongleurs. Il en était souvent parmi eux qui s'improvisaient arracheurs de dents. Mais l'échevin aussi y avait pensé. Amaury s'enquit alors de savoir si le chanoine comptait interroger ces gens.

– À dire vrai, il n'a pas perdu de temps. Aussitôt qu'il a découvert le collier, il a envoyé quérir le chef de la troupe. C'était chose facile puisqu'ils étaient encore devant la cathédrale à rassembler leurs effets.

– Et alors ?

– Alors, le chef, un nommé Bernardo Lordi, a reconnu le noyé. Il s'appelait Gino, mais, d'après ses dires, il n'était parmi eux que depuis quelques mois, comme du reste le montreur d'ours, un nommé Robert. Lordi ne sait rien de lui. C'est du moins ce qu'il affirme.

– Le montreur d'ours… répéta Amaury troublé.

– Tu le connais ?

– Euh, non ! Je veux dire, je l'ai vu tout à l'heure avec les autres.

Grégoire de Croy ne fut pas dupe et se douta qu'Amaury lui cachait quelque chose, mais il ne voulut pas le brusquer.

– Hum… Enfin voilà. On n'en sait pas plus pour le moment. Quoi qu'il en soit, Amaury, sois prudent. Le chanoine Clari ne semble pas apprécier ta curiosité. Et un sculpteur de ton talent a sûrement mieux à faire que de fourrer son nez dans de sales histoires.

– Oui. Vous avez sans doute raison. Je vous remercie.

– N'hésite pas à venir me trouver si tu avais quelque ennui ou… si tu découvrais quelque chose.

– Je n'y manquerai pas ! promit Amaury.

L'échevin s'apprêtait à prendre congé lorsqu'il se ravisa.

– Au fait, Amaury, quand tu en auras fini avec ton Beau Dieu, j'aimerais que tu passes me voir. Je voudrais te commander un écusson pour orner mon portail…

Il fit un petit signe de la tête à Amaury avant de continuer son chemin. Amaury s'engagea dans la rue du Hocquet. Au moment où il s'apprêtait à rentrer chez lui, il fut intercepté par Eustache qui venait à sa rencontre avec un air bouleversé. Aymeric, qui se trouvait derrière la fenêtre en train de travailler à son établi, les observait. Amaury entoura Eustache de son bras.

– Eh bien, que se passe-t-il ?

– Adèle se marie !

– Est-ce bien sûr ? Allons, entre me raconter ça.

Ils pénétrèrent tous deux dans la maison.

Ils entrèrent dans l'atelier du sculpteur. Amaury souffla sur les braises pour ranimer le feu qui dormait dans la cheminée et y jeta deux petites bûches tandis qu'Eustache commençait son récit. Cela s'était passé chez les Picquet, dans la salle commune. Adèle se tenait debout à rêvasser devant la fenêtre lorsque la porte s'était ouverte.

Hugues de Cressy était entré le premier, souriant comme le héros qui vient de gagner une bataille. Il était talonné par les parents d'Adèle qui affectaient une mine si solennelle qu'Adèle sut rapidement ce qu'ils venaient de convenir entre eux. Gaultier Picquet était un homme jovial à l'œil petit et vif et au teint rose tyrien.

Françoise Picquet, d'ordinaire si timide, avait revêtu sa robe la plus coûteuse, et elle exultait comme si elle allait devenir duchesse. Gaultier Picquet se dirigea vers sa fille les bras tendus et la serra contre lui de façon théâtrale, ainsi que la circonstance lui semblait le réclamer.

— Ma fille, je n'ai qu'un mot à te dire : si tu es d'accord, je le suis aussi !

Adèle, gênée par son exubérance, esquissa un sourire pudique et baissa les yeux. Françoise Picquet jugea le moment opportun pour verser une larme d'émotion. Adèle, qui aimait la simplicité et que toute cette mise en scène agaçait, n'eut bientôt d'autre recours que de se tourner vers Hugues de Cressy, qui était resté un peu en retrait. Gaultier en profita pour s'éclipser et laisser les deux tourtereaux en tête à tête. Il prit sa femme par les épaules pour l'entraîner hors de la pièce. Mais, juste au moment de sortir, il ne put s'empêcher de faire une dernière suggestion.

— Nous pourrions profiter de la Saint-Martin. La fête n'en serait que plus belle !

Ils sortirent enfin après un dernier regard ému vers leur progéniture. Hugues était soulagé de se retrouver enfin seul avec Adèle. Lorsqu'il la prit dans ses bras, elle le regarda sans ciller, droit dans les yeux. Lui, en revanche, semblait réellement bouleversé.

– Il y a si longtemps que j'attendais ce moment, Adèle. Je suis heureux comme vous ne pouvez pas vous l'imaginer !

Adèle était primesautière comme savent l'être les enfants et même parfois cruelle, sans aucune conscience de l'être.

– Si longtemps ? Ça n'est pas très longtemps six mois tout de même ! Je ne vous connais que depuis six mois.

– Et qui vous dit que je ne vous aimais pas déjà avant ?

Adèle fut troublée car elle ne savait pas si Hugues parlait sérieusement.

– Avant ? Et comment s'il vous plaît, alors que vous ne m'aviez jamais vue ? Je n'ai voyagé qu'une seule fois, il y a trois ans, lorsque je suis allée rendre visite à mon cousin Nicolas chez la vieille comtesse, à Clermont.

– Sans doute. Et n'avez-vous pas fait halte devant une auberge pour y faire boire vos chevaux ? Peut-être même vous êtes-vous désaltérée en puisant l'eau de la fontaine dans le creux de votre main ?

Adèle, les yeux brillants d'excitation, semblait prendre de plus en plus d'intérêt à leur conversation.

– Mais oui ! Je l'ai fait ! Comment le savez-vous ?

– Je passais par là moi aussi. Et je vous ai vue.

– Pourquoi ne vous êtes-vous pas manifesté ? Vous auriez pu au moins… je ne sais pas, moi.

Hugues lui tourna le dos et baissa les yeux. Il répondit à voix si basse qu'Adèle dut se pencher pour entendre ce qu'il disait.

– J'étais paralysé par l'émotion. Je n'ai pas pu.

– C'est charmant ! dit Adèle en battant des mains.

Encouragé par son enthousiasme, Hugues en profita pour s'épancher un peu plus. L'excitation faisait briller son regard.

– Depuis cet instant, je me suis juré de vous épouser un jour.

Cela, en revanche, plut beaucoup moins à Adèle.

– Oh ! Je vois… eh bien, je vous trouve présomptueux, monsieur de Cressy ! Suis-je une proie si facile ?

– De grâce, Adèle, cessez de me faire souffrir en m'appelant monsieur de Cressy ! Et qui ose parler de proie ici ? Vous êtes libre d'accepter ou non de m'épouser. Mais, Adèle, je vous jure que vous ferez bien des envieux si vous acceptez de régner sur ma demeure.

Adèle se radoucit à ces mots et esquissa même un sourire de contentement car elle savait bien qu'il avait raison. Néanmoins, elle s'écarta un peu et jeta un coup d'œil par la fenêtre. C'est alors qu'elle aperçut Eustache qui traversait la rue pour se rendre chez elle.

– Oh ! Voilà mon trouvère préféré ! Je vais pouvoir lui annoncer la bonne nouvelle !

Hugues se renfrogna et la retint par le poignet. Adèle, surprise, fit volte-face. Son visage reflétait un mélange d'inquiétude et d'agacement.

– Je saisis l'occasion d'aborder le sujet, Adèle, et je

pense que vous conviendrez aisément qu'après notre mariage, il ne sera plus question de recevoir ce garçon ?

Adèle était devenue blême et, dans son regard, tout autre que Hugues, aurait pu lire une haine aussi farouche que soudaine.

– Vous dites cela pour me taquiner ? s'enquit-elle, prête à croire qu'elle s'était trompée.

– Pas du tout, ma douce. Il ne serait pas séant qu'un jeune ménage reçoive avec autant d'assiduité que vous le faites un garçon à la cuisse aussi bien tournée.

– Mais voyons, je connais Eustache depuis si longtemps. J'avais dix ans quand…

– Justement ! C'est bien là le problème, vous n'avez plus dix ans. Ni lui non plus d'ailleurs.

Adèle plaidait encore sa cause sans s'apercevoir qu'elle était désespérée.

– Mais il me distrait ! dit-elle en trépignant presque.

Hugues voulut la reprendre dans ses bras.

– Eh bien, je vous distrairai, moi…

– Oh ! Il s'agit bien de cela !

Elle se déroba brusquement et alla se camper devant la cheminée. Elle continua d'une voix rauque et plaintive en s'adressant au feu.

– Je m'étais habituée à lui…

– Eh bien, vous changerez d'habitude, voilà tout ! répondit Hugues qui commençait lui aussi à être de méchante humeur.

Et il ajouta d'un air narquois :

– On s'habitue vite… aux nouvelles habitudes.

Il s'approcha encore d'elle et tenta de lui dérober un baiser, mais elle le repoussa si violemment qu'il fit un pas en arrière.

– Allons, ce sont des caprices de petite fille gâtée ! Vous verrez que, bientôt, vous n'y penserez plus tant vous aurez d'autres choses en tête.

Adèle ne répondit pas et continua de fixer le feu sans ciller. Hugues se calma soudain en songeant qu'après tout il était le maître de la situation.

– Je vous baise la main par la pensée, ma très chère Adèle. Je passerai demain et nous irons ensemble choisir des soieries pour vos robes. Cela guérira votre humeur, j'en suis sûr.

Il fit une révérence qu'elle ne vit pas et sortit de la pièce.

Eustache venait de terminer son récit. Amaury encourageait de son souffle les bûches un peu humides qui peinaient à s'enflammer.

– C'est elle qui te l'a raconté ?

Eustache secoua la tête tristement.

– Oui. Et figure-toi que j'ai croisé Hugues de Cressy lorsqu'il sortait. Je t'assure qu'il m'aurait assommé s'il l'avait pu.

– Mais c'est très bon signe !

– Quoi ? Mais tu ne comprends pas, Amaury ! Adèle va se marier à la Saint-Martin ! Je ne pourrai plus la voir, et tu trouves que c'est très bon signe ?

– Elle peut changer d'avis…

– Ça m'étonnerait ! D'ailleurs ses parents, eux, ne

changeront pas. L'occasion leur est trop belle. La mère jubile de pouvoir offrir à sa fille une noblesse toute neuve et…

– Eustache, j'en ai assez entendu pour aujourd'hui ! Si tu as choisi de te désespérer, ne compte pas sur moi ! En revanche, si tu veux venir boire un pichet de cervoise avec moi à l'Arbre vert en te réjouissant de ce qu'Adèle refuse de se séparer de toi, je suis ton homme !

Disant ces mots, Amaury se leva et se dirigea vers la porte. Eustache bondit sur ses pieds.

– Tu penses vraiment ce que tu dis ?

Il eut droit à un clin d'œil pour toute réponse.

– Allons, viens ! Laissons là ces maudites bûches et allons nous changer les idées ! Moi aussi, j'en ai besoin.

À l'Arbre vert, Amaury et Eustache prirent place près du feu, à l'autre bout d'une table à tréteaux déjà occupée par trois ouvriers fouleurs. L'aubergiste s'approcha d'eux et Eustache commanda deux cervoises.

– Amaury, je ne pense qu'à moi. Je suis le pire ami qu'on puisse trouver ! Dis-moi si tu as enfin trouvé ton modèle ?

– C'est plutôt lui qui m'a trouvé.

L'aubergiste revint avec les deux pichets de cervoise qu'il posa sur la table. Eustache but aussitôt une grande gorgée et poussa un soupir d'aise.

– Raconte !

– Eustache, pour le moment, je ne peux pas en parler. J'espère que tu comprends ?

Eustache éclata de rire.

– Amaury ! Tu sais ce qui me surprendrait vraiment ? C'est que soudain tu ne fasses plus de mystères ! Mais qu'est-ce que…

Il s'interrompit soudain car Amaury avait posé sa main sur son bras et regardait à l'autre bout de la salle. Une joyeuse troupe bariolée était en train de s'y installer. Ils étaient sept ou huit et, parmi eux, Amaury avait immédiatement reconnu Robert, le montreur d'ours, et surtout Lisa, qui pour une fois était habillée en fille. Elle portait néanmoins un feutre masculin dont s'échappaient quelques boucles de cheveux blonds. Tous les regards se tournèrent vers les nouveaux arrivants. Amaury, devenu brusquement rose, se mit à fixer intensément son verre de cervoise. Eustache, qui avait lui aussi reconnu Lisa, considéra Amaury d'un air narquois.

– Ah ! Voilà pourquoi tu voulais venir à l'Arbre vert !

– Sur ma foi ! Je te jure que je n'en savais rien !

– Fadaises ! Si tu t'imagines que je vais te croire…

L'aubergiste s'approcha des jongleurs d'un air soupçonneux. Mais il retrouva le sourire lorsqu'on lui eut mis une belle livre d'argent dans la main. Eustache se pencha vers Amaury.

– Fichtre ! La petite est en bonne compagnie ! Saistu bien que le moustachu vient de payer avec une livre d'argent !

Amaury regarda Eustache avec des yeux ronds. Une femme de la troupe qu'il n'avait pas encore vue se leva et s'approcha d'une table à laquelle étaient assis deux hommes vêtus d'un beau drap fin. Elle en choisit un et lui prit la main sans qu'il s'en défende beaucoup.

– Je vois que vous fabriquez du tissu…

– C'est ma foi vrai. Je suis drapier.

– Vous avez une femme… blonde…

– Mais oui, c'est vrai !

Le drapier se réjouissait comme un enfant à chacune des assertions de la bohémienne et guettait l'approbation de son compagnon de table qui se contentait pour le moment de secouer la tête en souriant.

– Vous allez avoir un enfant, deux enfants ! Des garçons.

– Ah ! C'est vrai ? Justement, je me demandais…

Soudain, une présence frôla Amaury en prenant place près de lui. C'était Lisa, souriante, comme à l'accoutumée. Elle ôta le feutre qui enserrait ses cheveux, libérant d'abondantes boucles blondes qui se déployèrent en ondes soyeuses. Eustache eut un hochement de tête admiratif. Lisa prit sans façons la main d'Amaury qui la lui retira aussitôt comme si on l'avait brûlé.

– N'aie pas peur de moi ! protesta la jeune fille.

Amaury était troublé. Il se souvenait des premiers mots que lui avait adressés son modèle. C'étaient presque les mêmes : « Ne me crains pas. » Et cette fée blonde venait à lui avec des mots si proches qu'il s'en méfia comme d'un danger qu'on ne peut pas cerner. Eustache intervint.

– Elle a raison, laisse-toi faire. D'aussi jolies mains ne peuvent te faire de mal. Moi, je ne demanderais pas mieux qu'elles prennent la mienne.

Et il tendit sa main à Lisa qui l'ignora et s'adressa encore à Amaury.

– Je voulais seulement te dire des choses que tu sais, et d'autres, que peut-être tu ne sais pas…

Amaury se détendit un peu et laissa la jeune fille lui reprendre la main, sous l'œil amusé d'Eustache qui retira la sienne.

– Je puis te dire, par exemple, que tu te nommes Amaury et que tu es sculpteur…

Amaury était troublé. Comme son modèle, Lisa savait qui il était et quel était son métier et, comme lui peut-être, elle lisait dans ses pensées. À moins qu'elle n'ait rencontré quelqu'un qui l'aurait renseigné. Eustache par exemple… Cette pensée d'une connivence possible entre Lisa et Eustache rendit Amaury agressif.

– Qui te l'a dit ?

– Je l'ai lu dans ta main…

– Je ne te crois pas !

Il lui reprit à nouveau sa main, assez brutalement.

– Les jongleurs sont des gens sans morale, tout le monde sait ça ! dit Amaury.

Eustache, outré du comportement excessif de son compagnon, tentait de le calmer.

– Amaury, voyons…

Mais Amaury ne voulait pas entendre raison.

– Ce Robert est un mauvais homme, dit-il encore pour se justifier.

Lisa en convint presque.

– Celui-là, je ne le connais pas beaucoup. Mais peut-être bien que tu as raison parce que tu sais lire toi aussi dans les âmes…

Mais plus Lisa parlait, calme et maîtresse d'elle-même, plus Amaury s'inquiétait de découvrir en elle quelque chose qui l'attirait irrésistiblement. Il était ému au-delà de toute mesure. Plus rien en lui ne semblait fonctionner normalement. La sueur perla à son front et, soudain, il se leva, sous le regard stupéfait d'Eustache.

– Personne ne lit dans les âmes ! Sauf Dieu ! Et aussi peut-être… le diable !

Il se sentit tellement stupide après avoir prononcé ces mots qu'il annonça à Lisa et Eustache qu'il devait partir parce qu'il avait un rendez-vous. Sans attendre davantage, il se dirigea vers la porte comme un automate, et renversa un tonneau vide sur son passage. Lisa aussitôt fut debout et aida Amaury à le ramasser en pouffant de rire.

– Amaury, dit-elle en l'enveloppant de son beau regard clair. J'aimerais bien te revoir.

Amaury réussit encore à balbutier que lui aussi, avant de sortir, en courant presque.

La lune était pleine et la nuit habillait les ruelles d'ombres inquiétantes. Amaury, qui courait comme un fou pour échapper à quelqu'un qui n'était peut-être autre que lui-même, s'en souciait peu. Sa course l'avait mené hors des murs d'enceinte. Il longeait maintenant un chemin de campagne. Il finit par se laisser tomber, épuisé, sous un grand frêne et aspira de longues goulées d'air pur. Non, il ne comprenait pas ce qui lui arrivait. Peut-être était-ce l'amour, mais comment pouvait-on reconnaître l'amour quand on le rencontrait ? Il s'était senti en danger auprès de la jeune fille aux cheveux d'or. L'amour était-il dangereux ? Pourquoi sentait-il en lui cet irrésistible désir de la revoir ? Ne l'aurait-elle pas ensorcelé ? Mais alors, si elle était effectivement une sorcière, c'était encore plus grave, car elle était une sorcière déguisée… en ange…

Il entendit alors au loin, sur la route, le grelot d'un lépreux. Mille pensées désordonnées l'assaillirent à nouveau, mais l'une d'elles submergea toutes les autres :

et si c'était son modèle qui se rendait à leur séance nocturne ? Bientôt, la silhouette noire se profila à l'horizon. Amaury courut à sa rencontre. Il eut tôt fait de la rejoindre et l'attrapa rudement par le bras. Le lépreux avait peur et cherchait à se protéger, mais Amaury, impitoyable, lui arracha sauvagement son capuchon. Il découvrit alors avec horreur un visage tuméfié de plaies béantes. Pétrifié de honte, il relâcha son étreinte.

– Pardonne-moi, oh ! Pardonne-moi ! Je ne sais plus ce que je fais !

L'autre avait fait un pas en arrière. Amaury fouilla dans sa bourse et en sortit une piécette qu'il lui tendit. Mais le lépreux refusa de la prendre et s'éloigna en clopinant dans le chemin. Amaury, immobile, les bras ballants dans la lumière de la lune, le regarda disparaître dans l'ombre.

Amaury regagna son atelier tard dans la nuit. Il s'étonna de trouver dans l'âtre un bon feu. Sans doute Anna, avant d'aller se coucher, avait-elle eu cette maternelle prévenance. Mais une voix douce, qui le fit pourtant sursauter, monta de la pénombre.

– Je t'ai attendu.

Non, Anna n'avait pas allumé de feu. Le modèle était debout au même endroit que la veille, avec son beau visage calme et souriant, et son regard qui irradiait la lumière.

– Je… je suis désolé, je me suis laissé retarder, dit Amaury en prenant ses outils et en se dirigeant vers le bloc de pierre.

Soudain, il fut pris d'un doute.

– Comment es-tu entré ?

– C'est un enfant qui m'a fait entrer.

Amaury le regarda d'un œil suspicieux, puis il se mit au travail. Il sculptait fébrilement, sans pouvoir s'empêcher de penser à tous les événements de ces derniers jours qui dansaient une étourdissante sarabande dans sa tête. Son couteau lui échappa brusquement. Il le ramassa sans quitter des yeux son modèle.

– Tu es nerveux ce soir.

– On le serait à moins. Sais-tu bien qu'on a retrouvé un cadavre habillé en lépreux ce matin ? Oui ! Tu le sais bien sûr, puisque tu sais tout ! Mais moi, je ne sais rien ! Ni qui tu es, ni d'où tu viens. Alors, comment puis-je être sûr que tu n'es pas mêlé à tout ça ?

– Tu voudrais bien comprendre, n'est-ce pas ? dit le modèle en souriant.

– Y vois-tu un inconvénient ?

– Oh, non ! Si cela te distrait…

– Ce n'est pas exactement ça, non ! Mais je voudrais savoir si cette histoire te concerne ou pas.

– Pas au sens où tu l'entends, non.

Il fit une pause. Amaury paraissait soulagé par sa réponse.

– Même si, en réalité, tout ce qui est humain me concerne, ajouta-t-il.

– Tu parles par énigmes… bougonna Amaury.

Puis il fut pris d'une soudaine inspiration.

– Mais toi qui lis dans les pensées, tu peux peut-être m'aider ?

– Comment veux-tu que je t'aide ?

– En lisant dans les pensées des autres, de ceux qui ont commis ce meurtre par exemple ! Tu dois le pouvoir, n'est-ce pas ?

– Peut-être que je le pourrais, si je le voulais…

– Mais tu ne le veux pas, n'est-ce pas ? dit Amaury avec humeur. Peut-être que tu ne veux tout simplement pas que justice soit faite ?

– La justice ? Tu sais donc ce que c'est, toi, que la justice ? Pourtant, il m'est avis à moi que tu n'en as pas la moindre idée ! Mais regarde-moi, Amaury. Est-ce que j'ai l'air d'un coupeur de gorge ?

Amaury, vaincu, posa son couteau.

– Oh, je ne sais pas de quoi tu as l'air ! Tout ce que je sais, c'est que tu es le modèle idéal…

– C'est bien. Prends donc les choses comme elles viennent.

– Sans doute est-ce facile à dire…

L'homme se leva lentement et remit son capuchon.

– Ça suffira pour aujourd'hui. Il vaut mieux travailler dans le calme et la sérénité, sinon, le travail que tu as fait n'inspirera aux gens qui le contempleront que la nervosité qui te domine en ce moment…

– Tu dois avoir raison, soupira Amaury d'un air las. Comme d'habitude !

Le modèle se dirigea vers la porte. Lorsqu'il l'eut refermée, Amaury lui emboîta le pas.

Il marchait très vite derrière la silhouette sombre. Il se trouvait à une trentaine de mètres derrière lui et essayait de conserver cette distance pour ne pas éveiller son attention. Il le suivit dans une ruelle, tourna à gauche, puis à droite, avant de s'apercevoir qu'il avait, cette fois encore, perdu sa trace. Il ne s'était pas écoulé plus de deux minutes depuis qu'il était sorti de chez lui. Il haussa les épaules et fit demi-tour. Comme il était sorti précipitamment sans prendre la précaution d'enfiler son garde-corps, il se frictionnait les bras en marchant. Soudain, il aperçut un rai de lumière un peu plus haut dans la rue. Au même instant, on sonna matines au clocher des bénédictins. Amaury songea que la bougie était une denrée coûteuse et qu'il était rare qu'on s'éclairât à une heure aussi tardive, excepté chez les bourgeois les plus fortunés et les nobles. À n'en pas douter, la lumière s'échappait de la demeure d'Hugues de Cressy. Dévoré par le démon de la curiosité, Amaury eut envie de savoir quelle activité pouvait nécessiter cette lumière. Il poursuivit donc sa marche d'un pas velouté. Lorsqu'il fut devant la maison, il s'approcha avec précaution de la fenêtre et risqua un regard à l'intérieur, à la fois honteux de son geste et incapable de se retenir.

Dans la grande pièce tendue de tapisseries qu'un feu de cheminée et un candélabre éclairaient, Hugues de Cressy, debout, parlementait avec un homme qu'Amaury ne voyait encore que de dos. La conversation semblait très animée même si aucun éclat n'en parvenait à

Amaury. L'homme qui lui tournait le dos sortit une bourse de sa poche et en vida le contenu dans sa main. Amaury ne vit pas ce que c'était, mais seulement que cela chatoyait dans la lumière comme s'il se fût agi de pierres de grande valeur. Ils s'approchèrent ensuite tous deux de la cheminée pour mieux examiner ce précieux contenu. Un instant plus tard, Hugues de Cressy sortait de la pièce. L'homme qui était de dos se retourna, l'air très content de lui. C'est alors qu'Amaury reconnut, à sa grande stupéfaction, l'apothicaire.

Hugues ne tarda pas à revenir et lui remit une bourse de cuir que l'autre soupesa avec satisfaction. Il posa alors sur le bahut ce qu'il tenait dans la main : trois petites pierres rouges rutilant de mille feux.

Amaury, qui grelottait, quitta son poste d'observation et se tapit un peu plus loin, dans l'ombre d'un auvent. Il ignorait ce qu'il ferait ensuite, mais une force irrésistible le poussait à en savoir davantage. Il était persuadé que cette visite nocturne était un maillon du mystère et peut-être ferait-il encore d'autres découvertes s'il suivait l'apothicaire qui n'allait pas manquer de sortir bientôt. Au bout de quelques minutes, qui parurent une éternité à Amaury, il sortit en effet. Le jeune homme se lova dans l'encoignure de la porte, précaution bien inutile, car le visiteur nocturne ne s'attendait pas le moins du monde à être suivi. Dès qu'il eut tourné le coin de la ruelle, Amaury lui emboîta le pas.

L'apothicaire n'allait pas bien loin, puisqu'il rentrait tout simplement chez lui. Une lampe à huile s'alluma à l'intérieur. Amaury s'approcha en rasant les murs et il vit la petite flamme disparaître dans l'arrière-boutique. Il s'approcha de la porte et essaya doucement d'actionner le loquet. Comme il résistait, il sortit son ciseau de sculpteur de sa poche et l'introduisit dans la fente qui séparait la porte du mur.

– Mon Dieu, protège-moi…

Le loquet se souleva aisément et Amaury pénétra à l'intérieur et referma la porte derrière lui. La lune éclairait la boutique comme en plein jour. Le sculpteur entendit un pas résonner sur la pierre. Il passa furtivement dans l'arrière-boutique et découvrit une porte entrouverte donnant sur un grand escalier qui s'enfonçait dans les entrailles de la ville. L'odeur de la lampe à huile lui parvint d'en bas. Il s'engagea sur les marches à pas feutrés, tenant le mur pour se guider, car cette partie de l'escalier était très sombre. Il entendait des bruits de fioles qu'on remuait, et d'un feu activé par un soufflet. Quelqu'un allait et venait, s'affairant. Lorsqu'il fut parvenu au dernier tiers de l'escalier, Amaury put couvrir du regard l'ensemble d'une gigantesque cave voûtée. À l'autre bout se tenait l'apothicaire devant un foyer sur lequel un petit chaudron mitonnait. Plusieurs cierges avaient été allumés et le laboratoire, car c'était à n'en pas douter le laboratoire d'un alchimiste, avait des allures de cathédrale. Sur l'établi se trouvait un fouillis invraisemblable de cornues, d'éprouvettes et de fioles remplies de liquides de toutes les couleurs. Une planche, posée sur des tréteaux et recouverte de tapisseries, était encombrée de livres richement enluminés. Amaury retenait son souffle

devant ce fouillis fabuleux qui provoquait en lui un mélange bizarre d'émerveillement et de crainte. Son regard s'arrêta sur une croix en argent d'une quinzaine de centimètres de long, très richement travaillée, et sur laquelle, autrefois, des pierres devaient avoir été serties.

« Ça suffit maintenant, Amaury, rentre chez toi si tu ne veux pas qu'il t'arrive malheur, vite ! » se dit-il en lui-même, effrayé soudain de sa propre audace.

Il rebroussa chemin et se retrouva dans la boutique. Il avançait toujours à tâtons vers la porte lorsque, soudain, sa main heurta un bocal qui était posé sur l'établi. Le bruit du verre fracassé sur le pavé déchira le silence de la nuit de façon si incongrue et si violente qu'Amaury eut l'impression qu'on avait dû l'entendre à une lieue.

En bas, l'apothicaire, penché sur son chaudron, sursauta et, saisissant un coutelas, se précipita dans l'escalier. Amaury, dont le cœur battait à tout rompre, bondit hors de la boutique et plongea dans la nuit.
L'apothicaire trébucha dans les débris de verre mais il
s'élança néanmoins à la poursuite d'Amaury. Celui-ci
courait à perdre haleine dans le dédale des ruelles pour
semer son poursuivant. Après maints détours, il finit
par se retrouver devant chez lui où il entra précipitamment, refermant derrière lui l'énorme verrou.

Encore tout effrayé par ce qu'il venait de faire et par
le danger auquel il avait heureusement échappé,
Amaury s'allongea sur le tapis devant les braises qui
rougeoyaient toujours dans la cheminée de son atelier.
Il mit longtemps à se réchauffer tant il frissonnait de
froid et de peur. La clarté de la lune qui entrait par la
petite fenêtre haute éclairait son visage. Sa respiration
peu à peu se calma et il prit machinalement de petits
éclats de pierre qu'il disposa devant la cheminée en
même temps qu'il récapitulait pour lui-même, à mi-
voix, les événements de ces derniers jours, comme si
d'énoncer les faits devait les lui rendre plus intelligibles.
– Voyons… il y a un lépreux sous les voûtes de la
cathédrale… il y en a un autre, qu'on retrouve noyé
dans la rivière, mais c'est un faux lépreux et… un vrai
jongleur. C'est peut-être le même que le premier…
et puis, il y a mon modèle qui est lui aussi un faux
lépreux, ou Dieu sait quoi ! et voilà encore un jongleur,
ou du moins, un montreur d'ours, qui trafique je ne sais

quoi avec un apothicaire qui est aussi alchimiste et qui lui-même échange des pierres avec Hugues de Cressy. Mais peut-être Hugues de Cressy ne sait-il pas que l'apothicaire est un alchimiste. Non, reprenons au début : il y avait cette pierre évidée dans la voûte…

Amaury, qui était allongé, commençait à s'engourdir. Il se mit à cligner des yeux et à bâiller.

– … elle a pu contenir des pierres, ou de l'argent… et puis il y a Lisa… Lisa…

Soudain, il ferma les yeux et s'endormit instantanément.

Le lendemain, un peu avant sixte, dans la pièce commune, chez les Lasnier, on était en train de manger la soupe. Le père d'Amaury, silencieux et recueilli, aspirait à grands bruits le bouillon mêlé de légumes, de pain et de lard. Aymeric cherchait avec ses doigts les morceaux de viande sans se soucier du regard désapprobateur d'Anna. Amaury, les yeux cernés par une nuit trop courte peuplée de jongleurs, de lépreux et d'alchimistes, vint les rejoindre et prit place sur le banc, près d'Aymeric. Anna lui apporta une écuelle de soupe et alla se rasseoir pour terminer la sienne.

– Tu te lèves bien tard en ce moment, fit remarquer le vieil Adam à son fils, avant de retourner à sa soupe.

Amaury ignora sa remarque et interrogea abruptement Aymeric.

– Dis-moi, tu as ouvert à quelqu'un hier soir ?

Le gamin le regarda interloqué, puis hocha la tête en signe de dénégation.

– Fais un effort pour te souvenir ! N'as-tu pas ouvert à un homme brun avec une robe noire ?

– Non, je n'ai pas ouvert. On m'a interdit d'ouvrir après vêpres[1], tu le sais bien.

Adam Lasnier s'interrompit pour regarder Amaury.

– Quelque chose ne va pas ?

– Non. Non, tout va bien.

– Ton travail avance bien ?

– Oui, j'ai trouvé un modèle idéal, répondit Amaury sur un ton plus doux.

– C'est vrai ? Et c'est à lui que j'aurais pu ouvrir hier soir alors ? Qui c'est ? s'enquit Aymeric avec enthousiasme, des morceaux de viande plein la bouche.

– Toi, n'en profite pas pour parler la bouche pleine ! le réprimanda Anna.

– C'est un secret, dit Amaury d'un air mystérieux.

Anna se leva, prit un canard sur la desserte et s'assit sur un tabouret pour le plumer.

– Moi aussi j'ai un secret, c'est que plus tard je serai sculpteur comme Amaury ! annonça Aymeric sans préambule pour prouver que lui aussi détenait des informations de première importance.

À ces mots, le vieil Adam manqua de s'étrangler et Amaury fit signe à Aymeric de se taire en fronçant les sourcils.

1. Vêpres : dix-huit heures.

– Voyons, mon petit, tu divagues ! dit Adam Lasnier. Si tu es dans cette maison, c'est pour apprendre le métier d'orfèvre.

– Oui, je sais, mais plus tard je serai sculpteur quand même !

Le vieil homme joignit les mains en signe de prière et leva les yeux au ciel.

– Mon Dieu, viens-moi en aide !

Amaury regarda Aymeric avec une tendresse amusée, tandis qu'Anna mettait un doigt sur sa tempe pour signifier clairement qu'à son humble avis, tout le monde était fou dans cette maison.

Amaury sortit prendre l'air pour se changer les idées et, surtout, pour essayer de savoir si l'on n'avait pas découvert quelque chose de nouveau au sujet du meurtre. Il traversa les va-et-vient incessants des ouvriers qui vaquaient à leur travail. Un marchand de foin poussait sa charrette devant lui en vantant sa marchandise.

– À ma belle herbe[1], à ma belle herbe ! À qui vendrai-je ma belle gerbe ? À ma belle herbe, à ma belle herbe !

Maître Jean aperçut Amaury de loin et lui fit signe de le rejoindre. Lorsque Amaury fut près de lui, il le prit par l'épaule.

– Amaury, tu arrives à point. Je voulais te parler.

---

1. À cette époque, on vendait des bottes de foin pour les répandre sur le sol des maisons afin qu'il soit moins froid l'hiver.

Ils firent quelques pas ensemble.

– Amaury, tu n'ignores sûrement pas qu'il se passe des choses étranges en ville en ce moment…

En disant ces mots, Maître Jean scrutait le visage d'Amaury qui se raidit un peu, s'attendant à être une fois encore sermonné.

– Est-il possible d'ignorer ce dont tout le monde parle, répondit-il sur un ton légèrement agressif.

– Tiens-toi en dehors de tout ça, Amaury. Le chanoine Clari est un homme suspicieux qui n'a pas les mêmes raisons que moi de te tenir en estime.

– Il vous a parlé de moi ? s'inquiéta Amaury.

Maître Jean semblait gêné.

– Il t'a trouvé partout où il venait de se passer quelque chose de grave. Mets-toi à sa place ! Et puis… un jeune garçon qui est arrivé à Amiens il y a quelques jours et qui logeait à l'Arbre vert a disparu. Il a pourtant laissé son paquetage dans sa chambre, ce qui prouve qu'il n'est pas parti de son plein gré…

Amaury ne comprenait pas.

– Mais en quoi cela…

Maître Jean l'interrompit :

– Figure-toi qu'il s'était fait embaucher dans l'équipe de Thomas le Roux ! L'amalgame sera vite fait dans la tête de Clari. Thomas et toi, vous êtes tous les deux sculpteurs, et vous travaillez avec moi ! Tu te retrouves une fois de plus mêlé à un événement douteux. Je n'aime pas ça du tout, Amaury !

Maître Jean semblait tellement désolé qu'Amaury ne put s'empêcher de le réconforter.

– Allons, ne vous tracassez plus. Je n'ai rien à me reprocher, et mon travail avance merveilleusement !

– À la bonne heure ! s'exclama le vieux maître soulagé. Je savais bien que tu ferais passer ton art avant tout ! Je passerai voir ton Beau Dieu lundi, après none.

Il donna une tape amicale sur l'épaule d'Amaury et s'en alla content. Amaury, qui n'avait pas bougé, se fit bousculer par un garçon qui roulait devant lui une galette de guède[1].

– Oh ! Pardon, Amaury ! dit le garçon sans s'arrêter.

Amaury fit signe que c'était sans importance et se dirigea vers les quais.

C'était jour de marché et l'animation était grande. De toutes parts on criait pour vendre sa marchandise. Les acheteurs étaient nombreux, panier d'osier sous le bras, qui vaquaient d'un étal à l'autre, soupesant, comparant, hésitant. Un homme était en train de se faire raser par un barbier[2] près d'un étal de poissons. Non loin, un autre était assis sur un tabouret avec des ventouses sur le dos.

– Je termine et je viens te les enlever ! cria le barbier à l'homme aux ventouses.

L'autre secoua la tête, résigné. Amaury poursuivit son chemin et traversa le pont à grands pas. Il ne ralentit

1. La guède était une teinture végétale de couleur bleue, issue d'une plante qu'on cultivait dans les environs d'Amiens. On compressait la couleur en grosses galettes pour les transporter plus facilement.
2. Les barbiers à cette époque devaient passer un examen d'admission pour prouver qu'ils étaient également aptes à pratiquer des saignées et à poser des ventouses.

son allure que lorsqu'il fut en vue du pré Malaquis. Une force irrésistible l'attirait vers le lieu où les saltimbanques avaient établi leur campement. Il se persuada que sa visite avait pour but de faire avancer l'enquête. Par deux fois on lui avait conseillé de se tenir à l'écart des événements et cependant, par deux fois, on l'avait plus amplement renseigné sur des détails qu'il eût sans cela ignorés. S'il avait été témoin des événements, il devait y avoir une raison, pensait-il, et cette raison était peut-être que lui, Amaury, était le seul à pouvoir démêler l'écheveau embrouillé des faits. Et puis, il n'osait encore clairement se l'avouer, mais une part plus profonde de lui-même aspirait à se retrouver près de Lisa. Pour la protéger ? Ou pour s'assurer qu'elle n'était pour rien dans tout cela ? Amaury n'en savait rien encore, et cette ignorance avait mis sa sensibilité à fleur de peau.

Ses nerfs étaient à vif, et ses sens plus aiguisés que jamais. Il s'abrita sous un arbre et se mit à surveiller les allées et venues dans le campement. Il y avait là plusieurs roulottes bariolées, des tissus multicolores tendus sur des cordes, et une petite structure de toile qui semblait servir de réfectoire car on entendait des bruits de voix et de vaisselle qui s'en échappaient. Il y avait aussi quelques roulottes d'habitation, dont une sur laquelle on pouvait lire en lettres peintes « Le mage Baldr ».

Malgré l'heure matinale, trois femmes et un jeune homme faisaient déjà la queue devant sa porte. L'ours était attaché à un arbre un peu plus loin, paisiblement occupé à boire une écuelle de lait. Soudain, Amaury vit Lisa sortir de la tente, suivie de près par Robert. Elle alla décrocher une cape qui séchait sur un fil, et Robert en profita pour la prendre par la taille. Le sang d'Amaury lui monta au visage. Lisa repoussait Robert, mais elle était si frêle que l'affreux bonhomme n'avait aucun mal à maintenir son étreinte. Alors, elle se mit à marteler de coups de poing la poitrine du montreur d'ours. Mais on eût dit que la résistance de Lisa l'excitait. L'enserrant un peu plus étroitement, il se pencha vers elle pour essayer de l'embrasser. Amaury sentit monter en lui des instincts meurtriers. Il se précipita et, s'interposant entre eux, repoussa Robert tout en s'efforçant de maîtriser sa violence.

– Laisse-la ! dit-il avec une rage sourde dans la voix.

Le montreur d'ours, stupéfait, dévisagea Amaury et le reconnut. Il s'écarta d'un pas et cracha par terre.

– Prends bien garde à ne pas te trouver trop souvent sur mon chemin. Tu pourrais bien n'avoir même pas le temps de le regretter, dit le montreur d'ours d'un air menaçant.

Il cracha encore pour ponctuer ses paroles et tourna les talons. Amaury le suivit des yeux jusqu'à ce qu'il ait disparu derrière une roulotte et poussa un soupir de soulagement. Il se retrouva en tête à tête avec Lisa qui lui adressa un sourire éclatant.

– Merci ! C'est gentil de te faire du souci pour moi.

– Que fais-tu avec ces sales gens ?

Lisa fut indignée d'entendre Amaury parler ainsi de ses compagnons.

– Ce ne sont pas de sales gens ! Robert, oui, peut-être,

mais les autres ne sont pas comme lui. Et puis, c'est ma famille à moi !

Amaury était consterné.

– Ta famille ? Tu n'as donc pas de vraie famille ?

– Mon père a été tué en combattant vaillamment et ma mère est morte de chagrin quand j'avais cinq ans. C'est Bernardo qui m'a recueillie et qui m'a appris mon métier. Il est très bon avec moi.

Ils se regardèrent un court instant en silence. Puis Lisa se ressaisit.

– Il faut que j'y aille maintenant. Ils vont m'attendre.

Amaury s'attrista de cette nouvelle et un petit nuage s'installa entre eux, que Lisa écarta aussitôt d'un revers de la main.

– Tu reviendras me voir ?

Amaury demeura silencieux, mais son visage répondit malgré lui que cela n'était pas impossible. Lisa, qui savait lire dans les regards, s'éclipsa après lui avoir fait un signe de la main et un sourire.

Alors qu'Amaury commençait à se laisser apprivoiser par Lisa, Adèle, assise près du feu, ressassait les pensées les plus noires, et enfonçait rageusement son aiguille dans un ouvrage de broderie. Ce faisant, elle se piqua et, de colère, jeta son aiguille dans le feu. C'est ce moment précis que choisit son père pour entrer dans la pièce, avec l'air réjoui de quelqu'un à qui tout réussit.

Il se mit à marcher de long en large tout à ses pensées, sans presque faire attention à sa fille. Soudain, n'y tenant plus, il voulut partager son enthousiasme.

— Adèle, ma chérie ! Quelle chance que ce beau mari qui nous tombe du ciel ! Quel honneur ! Quel merveilleux mariage ce sera ! C'est un bonheur pour notre maison, un bonheur inespéré !

Il vint vers sa fille et, débordant de reconnaissance, s'agenouilla devant elle et joignit les mains.

— Et tout cela grâce à Dieu peut-être, mais aussi, et surtout, grâce à toi, ma chérie, qui as su si bien profiter de tous les soins dont nous t'avons entourée depuis ta plus tendre enfance !

Adèle posa sur son père un regard glacial et, sans le quitter des yeux, jeta son ouvrage dans le feu. Le visage de Gaultier Picquet s'assombrit brusquement. Il demeura un instant interdit, incapable de réagir, puis, reprenant ses esprits comme au sortir d'un cauchemar, il se pencha pour essayer de récupérer la broderie de sa fille dans le feu. Lorsqu'il y fut parvenu, il se mit à la secouer frénétiquement pour éteindre les flammes avant de se rendre compte que le mal était irrémédiable. Adèle se leva et son regard impénétrable alla se poser sur une tapisserie. Gaultier Picquet contemplait d'un air stupide le lambeau noirci et déchiqueté qui n'avait plus aucune chance de ressembler un jour à quoi que ce fût. Il était si déstabilisé par la violence du geste d'Adèle qu'il ne parvenait pas à se décider sur la conduite à adopter. Il finit cependant par s'approcher d'elle, et lui parla comme on parle à un jeune enfant ou à un malade.

– Un si bel ouvrage ! Ma petite fille, tu es bien nerveuse ! C'est sans doute l'émotion… mais… mais tu verras, bientôt tu seras la plus heureuse des femmes !

– Père, si c'est à mon mariage que vous faites allusion, j'aime autant vous prévenir tout de suite que je n'ai pas l'intention d'épouser Hugues de Cressy.

Gaultier Picquet demeura un instant sans voix tandis que le sang lui montait au visage. Il se racla la gorge.

– Je… je crois que j'ai mal entendu, dit-il dans un souffle.

– Vraiment ? En ce cas, je m'en vais vous le répéter : je n'épouserai pas Hugues de Cressy.

Elle avait articulé exagérément chaque syllabe en regardant son père droit dans les yeux. Gaultier Picquet crut qu'il allait manquer d'air et alla s'asseoir sur le fauteuil déserté par Adèle. Il s'éventa avec la broderie brûlée.

– Qu'est-ce que tu dis, voyons, ma chérie. Tu… tu divagues… Mais ce doit être normal, oui bien sûr, c'est une crise passagère : souvent les filles ont peur de quitter la maison où elles ont toujours vécu, mais ça ne dure pas…

Adèle fit lentement et majestueusement les quelques pas qui la séparaient de son père, et répéta pour la troisième fois, d'une voix presque sereine :

– Mon père, je ne l'épouserai pas. J'ai changé d'avis.

Quelques minutes plus tard, Françoise Picquet avait été appelée en renfort. Adèle se trouvait donc face à deux individus bouleversés, dont l'une avait les larmes aux yeux, et l'autre, s'étant repris, paraissait déterminé à avoir le dernier mot.

– Adèle, reprit lentement Gaultier Picquet, puisque tu as pris la décision de m'humilier publiquement, tu comprendras sans doute que moi, je ne sois pas disposé à te laisser faire. Ainsi, nous avons pris, ta mère et moi, les dispositions suivantes : tu resteras enfermée dans ta chambre jusqu'à la date du mariage. Tu seras seulement autorisée à en sortir pour rencontrer Hugues de Cressy.

– Alors, je n'en sortirai pas.

La mère d'Adèle, épouvantée par la détermination de sa fille, s'effondra en larmes sur le fauteuil.

– Tu vois dans quel état tu mets ta mère ! Je t'accompagne à ta chambre. Tu n'en sortiras qu'à la Saint-Martin.

– Très bien, approuva Adèle, résolue, en se dirigeant vers la porte.

Avant de sortir, elle se retourna vers ses parents d'un air effronté.

– Je suis bien contente que vous le preniez ainsi ! Vous augmentez ma force ! Et vous verrez que vous ne me marierez pas à la Saint-Martin ! Ni à Noël ! Ni même à la Saint-Jean d'été !

Gaultier Picquet était si furieux qu'il fut sur le point de la gifler et ne se contint qu'à grand-peine.

– Nous verrons, oui ! suffoqua-t-il.

L'aspect extérieur de la demeure de Grégoire de Croy n'était pas sans rappeler celle qu'occupait Hugues de Cressy. Toutes deux étaient de vastes et solides constructions de pierre avec des fenêtres à vitraux, dont le fronton était orné du blason de la ville. Elles différaient en revanche beaucoup par leur aménagement intérieur.

Dans la maison d'Hugues de Cressy, les meubles, au demeurant de belle facture, formaient un ensemble assez hétéroclite. On les devinait acquis à la hâte pour remplir à tout prix une maison désertée. Le précédent propriétaire, ruiné par des spéculations hasardeuses, avait hélas dû vendre tous les meubles longtemps avant d'être obligé de vendre aussi les murs. Il régnait au contraire, dans la demeure de Grégoire de Croy, une harmonie qui émanait des meubles autant que des objets accumulés au fil des générations, ouvrés par des artisans locaux. Amaury attendait devant une imposante tapisserie représentant une licorne lorsqu'un serviteur vint le chercher et l'introduisit dans la pièce commune. Grégoire de Croy, qui était assis dans un fauteuil à haut dossier devant le feu avec le chanoine Clari, se leva pour l'accueillir. Le chanoine, quant à lui, demeura assis et regarda le jeune sculpteur avec condescendance. Amaury, qui n'avait pas prévu la présence de ce dernier, eut une moue de déception fugitive. Mais l'échevin lui fit signe de s'approcher du feu d'un geste de la main.

– Entre donc, Amaury ! Tu es le bienvenu.

Il était aisé de percevoir, sur le visage du chanoine, quelques réserves sur cette bienvenue. Amaury s'inclina néanmoins respectueusement devant lui.

– Je sais que vous m'avez tous les deux, chacun à votre manière, recommandé de ne point me mêler des événements qui troublent notre ville en ce moment, mais je n'ai pas suivi votre conseil…

Clari eut un petit ricanement sec, mais Amaury n'y prêta pas attention.

– … et je voulais porter à votre connaissance certains faits que je pense importants.

Grégoire de Croy invita Amaury à s'asseoir sur le fauteuil où lui-même était assis, tandis qu'il prenait place sur la pierre dans la cheminée. Le jeune sculpteur commença son récit.

– Quand vous m'avez demandé l'autre jour si je connaissais le montreur d'ours, j'ai répondu que non. En fait, je l'avais déjà vu… chez l'apothicaire où j'achetais une potion. Celui-ci avait paru gêné et il lui avait demandé de repasser plus tard. Mais ce n'est pas tout, car hier soir, en passant devant la maison d'Hugues de Cressy peu après qu'on eut sonné matines…

– Une heure bien tardive pour un honnête homme ! objecta Clari.

– Je vous en prie, mon cher, laissons ce jeune homme s'expliquer.

Le chanoine eut un geste agacé de la main et se tourna vers l'âtre.

– J'ai vu de la lumière et l'idée m'est venue, je ne sais pas pourquoi, de… de regarder à l'intérieur. Je m'en veux de m'être aussi mal conduit, mais une force irrésistible me guidait…

Clari l'interrompit méchamment.

– Maints criminels n'ont jamais trouvé d'autre justification à leurs actes !

Grégoire de Croy réclama son indulgence d'un geste et invita Amaury à poursuivre.

– De fait, j'ai vu l'apothicaire qui remettait des pierres à Hugues de Cressy en échange d'une bourse. Ensuite… ensuite, ma conduite est encore plus à blâmer… j'ai suivi l'apothicaire qui rentrait chez lui… et, sans qu'il s'en doute, je suis entré derrière lui. C'est ainsi que j'ai découvert, dans sa cave… un atelier d'alchimiste.

Amaury, ayant terminé son récit, attendit le verdict de ses interlocuteurs. L'échevin s'était efforcé de demeurer impassible, mais le chanoine Clari fixait le jeune homme d'un regard incisif et triomphant.

– Reconnaissez tout de même, cher ami, que votre protégé a une conduite pour le moins extraordinaire ! Il se promène la nuit, il écoute aux portes et, pour finir, il s'introduit chez les gens à leur insu ! Voilà donc le genre d'individu dont vous vous portez garant ? Vous me plongez dans la confusion, mon cher.

– N'exagérons rien. Amaury a sans doute agi bien légèrement sous l'impulsion de la curiosité, mais le fait est qu'il est là, devant nous, et s'en confesse. Je pense donc pouvoir continuer à répondre de lui.

Puis il s'adressa à Amaury.

– Les renseignements que tu nous as communiqués ne sont pas dénués d'intérêt et peuvent peut-être faire avancer notre enquête.

– Pour le moment, grommela Clari, ils servent surtout à jeter le discrédit sur un homme que j'apprécie fort et qui, si mes renseignements sont bons et par un étonnant hasard, se trouve être le rival heureux du meilleur ami de ce garçon ! Ceci explique peut-être cela…

— Mais j'ai dit la vérité ! s'exclama Amaury outré. Le fait qu'Eustache soit amoureux d'Adèle est une simple coïncidence !

— Exactement, répéta ironiquement le chanoine Clari, une coïncidence, comme d'habitude…

— Allons, allons ! Nous avons eu une rude journée et nous sommes peut-être tous un peu nerveux. Il faut nous efforcer de demeurer objectifs. Nous avons découvert pour notre part que ce Robert, le montreur d'ours, est un ancien brigand. Il a d'ailleurs fait de la prison, mais depuis qu'il en est sorti après avoir purgé sa peine, on n'a rien pu prouver contre lui. Quant à l'apothicaire, pour le moment, nous ne pouvons en tirer aucune conclusion. Il n'est pas interdit d'exercer l'art d'alchimie que je sache.

— L'art ? s'étrangla presque le chanoine Clari. Comme vous y allez ! Il serait grand temps que l'Église mette bon ordre dans ces pratiques qui relèvent du démon ! Les hérétiques seront tous jugés, tôt ou tard !

Il était évident que les deux hommes ne s'entendaient que par convenance et que leurs opinions divergeaient profondément. Le chanoine Clari était un impitoyable défenseur de la pureté du dogme. Pour lui, hors de l'Église, il n'était point de salut. Grégoire de Croy était plus large d'esprit, et sa curiosité le portait à ne rien condamner avant de l'avoir longuement étudié.

Aussi fut-il incapable de se contenir à cette remarque de Clari, et riposta-t-il avec une violence inattendue.

– Tout dépend de ce que vous appelez « mettre bon ordre » ! Car il faut bien convenir que le printemps avait une curieuse odeur cette année à Montségur[1] ! Mgr d'Albi a parfois été mieux inspiré.

Le chanoine Clari serra les poings à cette évocation et se ramassa sur lui-même, comme un fauve prêt à bondir. Amaury tenta de le calmer en revenant au sujet qui l'intéressait.

– Ne pourrait-on interroger Hugues de Cressy sur cet… étrange marché ?

Le chanoine Clari saisit cette occasion de riposter.

– M. de Cressy est un homme de bien ! Il n'a jamais manqué depuis son arrivée de faire régulièrement des dons au chapitre, et il est tout à fait hors de question de l'inquiéter pour de vagues soupçons ! D'autant qu'il sera bientôt définitivement des nôtres puisqu'il va épouser Adèle Picquet.

– J'irai voir Hugues de Cressy moi-même, répliqua l'échevin, et j'essaierai d'en savoir davantage… en ménageant sa susceptibilité, rassurez-vous, mon cher. S'il est, comme vous le dites, homme de bien, il ne refusera pas de me renseigner. Ainsi, nous n'aurons négligé aucun détail.

---

1. Au printemps de cette année-là en effet, 400 cathares avaient été massacrés dans le château de Montségur et ceux qui avaient été faits prisonniers mais refusaient d'abjurer avaient été brûlés. Tout cela avait eu lieu évidemment avec l'assentiment du pape et des autorités religieuses de la région, en l'occurrence, l'évêque d'Albi.

Amaury se leva et s'inclina pour saluer Grégoire de Croy.

– Je vous en remercie, monsieur.

Il salua aussi Clari, beaucoup plus froidement, avant de se retirer.

Lorsque Amaury fut sorti, Grégoire de Croy reprit place dans le fauteuil, auprès du chanoine Clari.

– Faites-moi confiance. Je n'ai pas l'intention de brusquer Hugues de Cressy. Quant à Amaury, c'est un des hommes les plus droits que je connaisse. Il a simplement fait preuve, dans cette affaire, d'une… curiosité un peu au-dessus de la moyenne.

Grégoire de Croy fit sonner la clochette qui se trouvait sur le manteau de la cheminée.

– En ce cas, je forme seulement des vœux pour que vous reveniez bredouille en ayant conscience d'avoir perdu votre temps. M. de Cressy nous est précieux, et sa conduite a toujours été exemplaire.

– Ainsi que celle d'Amaury Lasnier. En conséquence, tout devrait s'éclaircir rapidement.

Le serviteur, qui se nommait Béranger, entra avec un plateau, deux verres du plus beau venise teintés de bleu profond, et une carafe de vin qu'il posa sur un vaisselier. Il remplit les verres et les apporta aux deux hommes qui étaient demeurés silencieux.

– Vous ne refuserez pas de goûter de ce petit vin de Chypre ? Je l'ai fait venir de Marseille la semaine passée et, sans vouloir me vanter, je crois que j'ai eu la main heureuse !

Le chanoine Clari sembla en effet se détendre dès la première gorgée. Grégoire de Croy en fut soulagé et trempa ses lèvres à son tour dans le nectar.

Pendant qu'Amaury informait l'échevin et le chanoine Clari, chez les Picquet, Hugues de Cressy, furibond, marchait de long en large devant les parents d'Adèle qui se tenaient debout, l'air penaud.

– Ainsi, elle ne peut pas me recevoir ?... Voilà trois jours que vous me faites cette réponse ! Et nous devions aller choisir des étoffes pour préparer la cérémonie ! C'est intolérable !

– Ne vous fâchez pas... Vous savez comment sont les filles ? Capricieuses... heu... Mais je vais la raisonner et cela lui passera !

– Oui ! Vous me l'avez déjà dit cent fois ! Mais je constate que vos raisonnements n'ont que peu d'effet sur elle !

Il se dirigea brusquement vers Gaultier Picquet et se planta devant lui d'un air menaçant. Le pauvre Gaultier pensa que la vie était décidément bien compliquée en ce moment. Il n'osait pas bouger un cil et, la peur au ventre, il attendait l'orage. Pris d'une subite inspiration, Hugues déclara :

– Je pense que je vais aller la raisonner moi-même ! Où est sa chambre ?

Il n'attendit pas la réponse pour sortir de la pièce à grands pas, aussitôt talonné par Gaultier Picquet, tout tremblant, et par sa femme qui pleurnichait. Gaultier Picquet était à bout de nerfs et n'osait pas s'en prendre à son futur gendre qui lui faisait peur. Il se défoula donc lâchement sur sa femme.

– Arrête de pleurnicher, tu m'énerves ! s'écria-t-il le plus méchamment possible.

Ce qui eut pour effet immédiat de redoubler les sanglots de la malheureuse femme.

Hugues de Cressy ouvrit toutes les portes les unes après les autres, toujours suivi des Picquet trottinant.

– Je vous en prie, voyons… laissez-moi lui parler… gémissait le père d'Adèle.

Ils arrivèrent devant une porte devant laquelle était adossé un grand coffre. Hugues de Cressy voulut savoir pourquoi la porte était condamnée. Gaultier Picquet balbutia que c'était une remise à provisions, et qu'il voulait éviter la convoitise de ses serviteurs. Mais Françoise Picquet avait brusquement cessé de pleurer et regardait son mari avec étonnement. Cressy flaira anguille sous roche.

– Permettez ? dit-il.

Et, joignant le geste à la parole, il tira sur le coffre, en dépit des protestations de son futur beau-père. La porte, dégagée, s'ouvrit sur une chambre vide. La stupeur se peignit sur le visage du père Picquet.

– Une remise, n'est-ce pas ? ironisa Hugues de Cressy. Ne serait-ce pas plutôt la chambre de votre fille que vous teniez enfermée ?

Il n'attendit pas la réponse et s'approcha menaçant du pauvre Picquet qui en menait de moins en moins large.

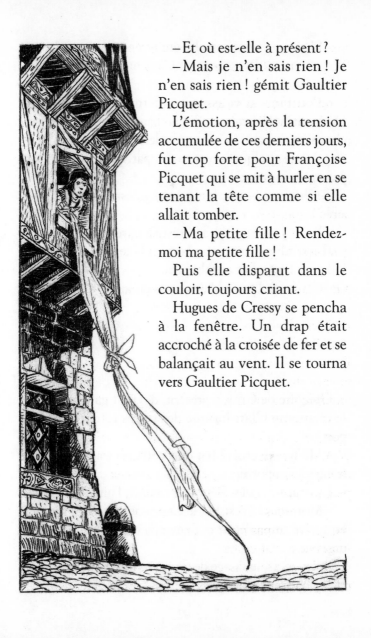

– Et où est-elle à présent ?

– Mais je n'en sais rien ! Je n'en sais rien ! gémit Gaultier Picquet.

L'émotion, après la tension accumulée de ces derniers jours, fut trop forte pour Françoise Picquet qui se mit à hurler en se tenant la tête comme si elle allait tomber.

– Ma petite fille ! Rendez-moi ma petite fille !

Puis elle disparut dans le couloir, toujours criant.

Hugues de Cressy se pencha à la fenêtre. Un drap était accroché à la croisée de fer et se balançait au vent. Il se tourna vers Gaultier Picquet.

—Et si ce… cet Eustache était venu l'enlever ?

—Oh, non ! Pensez-vous ! C'est un ami d'enfance… elle…

—Pourtant, si vous avez enfermé votre fille pour Dieu sait quelle raison, il a eu beau jeu de se poser en chevalier servant en venant la délivrer ! Qui sait, peut-être même quelque servante compatissante lui aura fait passer un message ?…

— Oh, mais… oh, mais non ! C'est… c'est impossible !

—Bon ! Je sais ce qui me reste à faire !

Il sortit brusquement, plantant là le pauvre Gaultier Picquet, hagard et tremblant.

—Oh, mon Dieu ! Viens-nous en aide ! dit-il en joignant les mains.

Grégoire de Croy, à présent, devisait gaiement avec le chanoine Clari lorsque des coups retentirent à sa porte.

—Ma foi, je crois bien que voilà un fou furieux qui frappe à ma porte.

L'instant d'après, Béranger entrait, l'air catastrophé.

—Monsieur ! C'est M. de Cressy qui est là ! Il dit qu'il est arrivé un malheur et demande à vous voir de toute urgence !

À ces mots, le visage de Grégoire de Croy s'assombrit et le chanoine fronça les sourcils.

– Faites entrer de suite, dit l'échevin à Béranger avant de se retourner vers Clari.

– Et moi qui voulais le voir justement ! Qu'est-ce que ça peut bien être encore ?

– Prions le ciel que ce ne soit pas un autre cadavre !

Hugues de Cressy entra en coup de vent et se dirigea droit vers les deux hommes, les saluant d'un geste vague.

– Pardonnez-moi de troubler ainsi votre tranquillité mais je sors de chez les Picquet ! Adèle a disparu ! Il faut immédiatement partir à sa recherche !

– Adèle Picquet ? s'étonna Grégoire de Croy.

– Voyons… mais comment cela a-t-il pu se faire ? demanda le chanoine qui parvenait à peine à croire la nouvelle.

– Ça, je n'en sais rien. Ce que je peux vous dire c'est comment je m'en suis aperçu.

Et il leur raconta ce qui venait de se passer, sans omettre le drap, ni le fait qu'Adèle était enfermée dans sa chambre depuis plusieurs jours par ses parents.

– Voilà ce que je sais ! À présent, il nous faut fouiller la ville et ses environs sans perdre un instant !

Hugues de Cressy était visiblement bouleversé. Grégoire de Croy approcha un fauteuil.

– Je vous en prie, asseyez-vous ne serait-ce qu'un instant. Vous semblez hors de vous-même.

– Il est bien question de s'asseoir ! Je me demande si vous saisissez la gravité de la situation ! Si je suis venu aussitôt vous voir, ce n'est pas pour m'asseoir, ne serait-ce qu'un instant !

– Oh ! mais nous allons faire tout ce qui est en notre pouvoir, soyez-en certain, dit le chanoine, et cela dès demain matin.

Hugues de Cressy, en entendant ces mots que le chanoine voulait consolateurs, fit presque un bond sur place, la main sur le pommeau de son épée.

– Dès demain ! Mais il faut partir tout de suite ! Elle est peut-être en danger ! On l'a sûrement enlevée !

– Le drap qui pendait à sa fenêtre semble attester qu'elle est partie seule, fit observer Grégoire de Croy. Cependant, j'en conviens, elle a pu ensuite tomber sur quelque rôdeur. Je ferai donc un tour de ronde dès cette nuit avec vous, mais le chanoine Clari a raison. Demain, nous y verrons beaucoup plus clair et nous pourrons mobiliser toutes nos forces.

Hugues de Cressy ne fut qu'à moitié calmé par ces paroles et déjà il se dirigeait vers la porte, prêt à partir.

Mais Grégoire de Croy lui fit signe de patienter et sonna son valet.

– Je vais faire seller mon cheval et nous partirons aussitôt, mais permettez-moi, mon cher, avant de partir, une petite question. Je vous supplie de n'y voir qu'une simple vérification d'usage. Il s'agit de l'enquête que nous menons en ce moment…

Béranger entra et Grégoire de Croy lui donna quelques ordres à voix basse.

– Rassurez-vous, je serais bref, dit-il ensuite à Hugues de Cressy. Voilà. Quelqu'un, dont je dois taire le nom pour l'instant, a vu l'apothicaire chez vous hier à une heure tardive, vous remettre des pierres. Vous auriez, toujours selon les dires de ce témoin, remis une bourse à cet apothicaire. J'aimerais avoir votre version des faits.

Hugues de Cressy considéra un instant en silence Grégoire de Croy, puis le chanoine Clari, qui lui sourit d'un air qui se voulait bienveillant mais qui était surtout penaud.

– Et qu'est-ce qui vous fait croire qu'il pourrait y avoir un rapport avec l'enquête que vous menez en ce moment ? finit par répondre Cressy d'un ton sec.

– Simple supposition, précisa l'échevin. En fait, nous surveillons l'apothicaire.

– Eh bien, bravo ! Je vois que vous avez des espions efficaces ! Peut-être pourraient-ils à l'occasion veiller de façon tout aussi efficace sur les jeunes filles ! Mais je vais vous dire ce que vous voulez savoir, bien qu'il s'agisse d'une affaire privée. C'est tout simple. L'apothicaire m'a apporté ces pierres, parce qu'il sait que je les achète volontiers. C'est ce que j'ai fait d'ailleurs en pensant que je pourrais les faire monter en collier pour Adèle, afin de donner la réplique à ces pendants d'oreilles que je comptais lui offrir aujourd'hui.

Disant ces mots, Hugues sortit de sa bourse un petit étui d'argent richement orné et l'ouvrit, découvrant deux magnifiques pendants d'oreilles en émeraude sertis d'or pur. Le chanoine et Grégoire de Croy furent muets d'admiration.

– Superbe ! s'extasia le chanoine.

– Somptueux ! reconnut l'échevin. Mais n'avez-vous pas songé à vous étonner qu'un apothicaire vende des pierres précieuses ?

– Il m'a dit qu'il les collectionnait. Vous l'ignoriez ?

– Oui. Il est vrai que je ne saurais connaître les talents de chacun des habitants de la ville d'Amiens. Mais à présent que me voilà renseigné, il me reste à vous remercier d'avoir été sincère, et à vous prier de me pardonner mon indiscrétion.

– Je vous pardonne d'autant plus volontiers que vous me proposez de m'aider à retrouver Adèle.

– Nous partons immédiatement ! Dites-moi, auriez-vous par hasard une idée de l'endroit où l'apothicaire s'approvisionne ?

Cette dernière question eut pour effet d'impatienter Hugues de Cressy pour de bon.

– Ce monsieur, figurez-vous, ne fait pas précisément partie de mes fréquentations habituelles et il me semble qu'il est plutôt de votre ressort de connaître la réponse à ce genre de question !

– Oui, en effet, admit Grégoire de Croy. Il est de mon devoir aussi de vous mettre en garde contre les relations que vous entretiendrez dorénavant avec lui. Il se pourrait qu'il ait commerce avec des individus dont le passé n'est pas des plus reluisants, et les pierres qu'il vous a vendues sont peut-être le produit de quelque rapine bien que, encore une fois, nous n'en ayons aucune preuve pour l'instant.

– Ce serait bien fâcheux en effet. Je mettrai ces pierres à votre disposition afin que vous puissiez les examiner. Au moins, pour les pendants d'oreilles, puis-je attester leur origine, car ces joyaux m'ont été légués par ma mère. Mais si vous êtes satisfait, peut-être partirons-nous enfin ?

– Sans perdre un instant ! dit l'échevin qui fit quelques pas avant de se retourner vers le chanoine Clari.

– Cher ami, je suis navré de ne pas pouvoir vous raccompagner. Sonnez donc Béranger qui s'occupera de vous. Je passerai vous voir demain avant sixte[1].

Les recherches des deux hommes, ce soir-là, demeurèrent infructueuses. Ils visitèrent tous les couvents de la ville, ainsi que tous les parents proches ou éloignés de la famille Picquet, sans oublier, bien sûr, le campement des saltimbanques ni la petite auberge qui servait de refuge nocturne à Eustache. Mais d'Adèle point. Et Hugues de Cressy fut bien obligé de convenir qu'il ne la retrouverait pas cette nuit-là. Il rentra donc chez lui, épuisé par sa chevauchée nocturne et rempli d'une rage qui ne trouvait pas d'objet. Il ne pouvait admettre qu'Adèle fût partie de son plein gré mais, d'autre part, ne parvenait pas à imaginer ce qui avait pu se passer. Il se souvenait évidemment de la dispute qui les avait opposés lors de leur dernière entrevue, mais il ne pensait pas sérieusement qu'elle puisse être la cause de sa disparition. Même si Adèle avait fait le mur comme une petite fille révoltée, à présent, elle était sans doute en danger quelque part, n'ayant pas mesuré les conséquences de

1. Sixte : midi.

son geste impulsif. Il fallait donc la retrouver le plus vite possible avant qu'il ne lui arrive un malheur. Hugues de Cressy dormit mal et il fut debout bien avant l'aube. Il arriva en avance au rendez-vous que lui avait donné Grégoire de Croy. Les traits tirés et les nerfs à fleur de peau, il communiqua si bien à son cheval toute son angoisse que celui-ci se cabra en arrivant devant la porte sud, et qu'il lui fallut mettre en œuvre toute son adresse de cavalier émérite pour ne pas se retrouver sur le pavé. La milice rassemblée par Grégoire de Croy arriva en rangs serrés derrière lui. Elle était formée d'une quinzaine d'hommes à cheval. Grégoire de Croy salua Hugues et donna des directives à ses hommes qu'il avait divisés en trois groupes.

– Rendez-vous ici pour vêpres ! Si une milice avait la chance de trouver Adèle avant, qu'on la mène immédiatement au chanoine Clari !

Puis il s'adressa à Hugues de Cressy :

– Votre cheval est bien fougueux ce matin ! Je pense que le mieux est que vous chevauchiez avec le groupe du sud. J'irai vers le nord. Les hommes de Clari continuent de ratisser la ville.

– Comme vous voudrez.

– Il est impossible que nous ne la retrouvions pas rapidement, ajouta l'échevin gentiment pour réconforter Hugues de Cressy.

– Dieu vous entende !

– Allons, en route !

Les troupes s'ébranlèrent et passèrent la porte.

Quand les vêpres eurent sonné, les hommes qui étaient partis pour retrouver Adèle rentrèrent au pas, fourbus. Ils passèrent la porte avec Grégoire de Croy à leur tête et firent halte. Le chanoine Clari était venu à leur rencontre à cheval, suivi par un jeune chanoine qui montait une mule.

– Alors ? Avez-vous trouvé quelque chose ? questionna-t-il.

– Absolument rien, lui répondit Grégoire de Croy, et je suppose que vous non plus. Les hommes qui étaient avec Cressy arrivent derrière nous et je crois bien qu'ils sont bredouilles eux aussi.

Une seconde troupe arriva en effet au grand trot et vint se mêler à celle qui était déjà là. On put voir tout de suite sur le visage d'Hugues de Cressy qu'il était de méchante humeur et que ses recherches n'avaient rien donné non plus.

– Nous avons visité toutes les maisons jusqu'à cinq lieues ! Personne n'a rien vu ! Cela passe l'entendement !

– C'est un mystère, en effet. Mais réjouissons-nous de n'avoir rien trouvé, cela nous laisse de fortes chances qu'elle soit vivante et en bonne santé !

– Le chanoine Clari a raison ! Rendez-vous tous ici demain matin à tierce[1] ! Et maintenant, allez vous reposer, vous l'avez bien mérité !

1. Tierce : neuf heures.

Les cavaliers s'ébranlèrent et s'égaillèrent au pas dans les rues de la ville. Hugues de Cressy salua le chanoine et l'échevin d'un signe de la main assez sec et s'éloigna dans la ruelle au trot.

Hugues entra chez lui à grandes enjambées furieuses et en faisant tout le bruit qu'il pouvait pour tenter d'apaiser sa rage. Il se frotta les mains près de la cheminée pour se réchauffer. Jacques, qui venait de remettre une grosse bûche, l'interrogea du regard.

– Une fille ne peut pas disparaître comme ça ! lui dit Hugues de Cressy. Tu as fait ton enquête ? Qu'as-tu appris ?

– Le trouvère a passé toute la journée à l'Arbre vert à se lamenter et à boire de la cervoise. Il semble être tout à fait étranger à l'histoire et tout aussi désolé que vous. Quant aux saltimbanques, ils étaient au complet devant la cathédrale toute la journée. J'ai interrogé tout le monde que j'ai pu, mais personne n'a vu quoi que ce soit qui puisse nous mettre sur la voie. On croirait qu'elle s'est volatilisée !

Hugues se mit à marcher de long en large en regardant ses pieds. Il fit halte soudain car il venait d'avoir une idée.

– Demain tu feras une nouvelle visite aux couvents. Elle a très bien pu ne pas s'y rendre tout de suite, ce qui expliquerait notre recherche infructueuse du premier soir. De toute façon, elle n'a pas pu aller bien loin.

– Ouais… surtout si elle s'est fait attaquer avant d'arriver là où elle voulait aller…

Hugues de Cressy eut un mouvement d'humeur et donna du poing contre le manteau de la cheminée.

– Si c'est le cas, celui qui a fait ça va le regretter tout le reste de sa courte vie quand je mettrai la main dessus ! Adèle compte plus que tout au monde pour moi, et s'il lui est arrivé malheur, tout est fini, Jacques !... Tu entends ? Tout est fini !

Disant cela, Hugues de Cressy regarda son serviteur avec des yeux exorbités. Jacques en fut effrayé. Il ne comprenait pas comment une donzelle pouvait faire autant d'effet à son maître, et encore moins que « tout » puisse être fini ! Cela lui paraissait tout à fait excessif. Si bien qu'il en vint à penser que son maître avait peut-être perdu la raison.

Amaury sculptait avec ferveur ce soir-là, et son visage était serein. La statue du Beau Dieu commençait déjà à ressembler à son modèle. Le sculpteur était content de son travail. Il fit une pause pour le contempler.

– Je suis heureux de constater que tu es serein aujourd'hui, dit son modèle.

– C'est vrai. Je suis content d'avoir parlé à l'échevin. Pourtant, il y a autre chose qui me tourmente. C'est cette jeune fille.

– Tu dis que cela te tourmente mais ton visage dit le contraire. Il est celui d'un homme qui commence à entrevoir le bonheur.

Amaury, étonné, s'assit sur un bloc de pierre.

– Le bonheur ? Est-ce donc tellement inconfortable ? Je ne sais pas ce qui m'arrive. J'ai l'impression de ne plus être le même qu'avant, et je n'arrive pas à savoir si cela vient de Dieu ou du démon.

– Du démon ? Que tu es drôle ! Voilà bien les humains ! Aussitôt que vous sentez poindre quelque chose d'inhabituel, vous pensez au démon ! Mais le démon, jeune homme, c'est l'habitude, justement ! C'est elle qui obscurcit ton jugement ! Regarde avec ton cœur, et tout deviendra limpide. Tu reconnaîtras peut-être enfin la lumière…

– La lumière ?

– Ou l'amour, ce qui revient au même, précisa le modèle.

– L'amour ? D'aucuns disent pourtant qu'il rend aveugle.

– D'aucuns sont jaloux et ne savent pas de quoi ils parlent, voilà tout. Toi non plus, tu ne sais pas de quoi tu parles, et tu as peur. Et voilà pourquoi tu hésites à te lancer dans l'aventure la plus belle qu'un homme puisse vivre.

Amaury fut vaincu par la douceur que ces paroles imprimaient en lui.

– Amaury, reprit le modèle, toi qui aimes mener tes pas vers le pré Malaquis…

Amaury ne put s'empêcher de rougir à cette évocation.

– … vas-y de bonne heure demain matin, et frappe à la porte de la roulotte du mage. Il t'apprendra des choses que tu seras peut-être heureux de savoir.

– Je ne veux pas connaître mon avenir, répliqua sèchement Amaury à nouveau sur ses gardes. Je préfère croire que j'en suis le maître.

– Mais tu as entièrement raison, Amaury ! Ainsi n'est-ce pas de ton avenir qu'il t'entretiendra, mais de certaines informations concernant les événements qui troublent le calme de la ville en ce moment.

Amaury était perplexe. Jusqu'où cet homme était-il impliqué ? Et pourquoi donnait-il des informations par bribes mystérieuses, comme s'il ne pouvait pas lui-même agir ? Il donna un coup de ciseau maladroit sur la pierre, et son outil lui échappa. Il se baissa pour le ramasser en disant :

– Si toute la troupe de jongleurs est impliquée dans les troubles, pourquoi Lisa ne serait-elle pas…

Il s'interrompit en se relevant, car le modèle avait disparu.

Cette fois encore, sans perdre un instant, il sortit sur ses talons. Il le suivait à distance comme les fois précédentes. Il savait qu'il tournerait une première fois à gauche, puis à droite. Il se dirigeait à n'en pas douter vers la rivière. Amaury vit encore la silhouette sombre traverser le pont et puis, de l'autre côté du pont, plus rien. La robe sombre de lépreux s'était fondue dans la nuit et la faculté du mystérieux modèle à se déplacer sans le moindre bruit avait fait le reste. Amaury n'eut plus qu'à rebrousser chemin. Son être tout entier était plongé dans un abîme de perplexité.

Le lendemain matin, on sonnait prime lorsqu'un garçon vêtu modestement tambourina à la porte du chanoine Clari. On vint rapidement lui ouvrir. Il prononça quelques mots assortis de grands gestes désordonnés, à la suite de quoi on le fit entrer. Quelques minutes plus tard, il ressortait, toujours en faisant de grands gestes. Il était suivi du chanoine Clari qui s'était visiblement habillé à la hâte et de deux jeunes chanoines qui terminaient de s'ajuster. Tous quatre prirent la direction des abattoirs comme s'ils avaient le feu aux trousses.

Lorsqu'ils furent sur place, un écorcheur avec une grande chasuble blanche couverte de sang frais les accueillit et leur montra le chemin. Il les précéda dans l'abattoir. Le jeune apprenti qui était venu les prévenir fermait la marche. Ils atteignirent l'endroit où l'on pendait les carcasses des bêtes fraîchement tuées. C'est là que Clari découvrit avec horreur, pendu au milieu des bêtes et, comme elles, éventré, le cadavre du montreur d'ours. Les deux jeunes chanoines se couvrirent le visage de leurs mains, épouvantés. Clari demeura un instant bouche bée. On entendit des pas qui s'approchaient. C'était Grégoire de Croy.

— Je vous ai envoyé chercher aussitôt que j'ai su, lui dit le chanoine Clari.

— Vous avez bien fait…

Grégoire de Croy avait répondu machinalement mais, lorsque ses yeux se furent habitués à la demi-obscurité qui régnait dans ce lieu, il fut à son tour confronté à l'horreur et détourna le regard.

– Fichtre ! En voilà un qui peut être mis hors de cause à partir de maintenant, et j'avoue que cela m'ennuie fort !

Peu avant tierce, Amaury arrivait au pré Malaquis. Il avait appris la découverte macabre en traversant les ruelles, car tout le monde en ville, ce matin-là, ne parlait que de ça. Deux acrobates s'entraînaient déjà à faire des sauts périlleux pour se réchauffer lorsque Lisa sortit d'une tente portant à grand-peine un seau d'eau bien lourd. Elle se dirigea vers un âne qui était attaché à un arbre. Amaury lui prit le seau des mains avec autorité et alla le déposer devant l'âne. Puis, prenant Lisa par la main, il l'entraîna à l'abri des regards derrière un buisson. Lisa semblait à la fois étonnée et ravie par l'attitude décidée d'Amaury.

– Eh bien, Amaury, tu n'es plus du tout timide aujourd'hui ? lui dit-elle.

Ces paroles eurent pour effet immédiat de faire rougir Amaury qui n'avait pas encore eu le temps de prendre conscience de son audace. Il lâcha la main de Lisa qui la lui rendit aussitôt.

– Oh, non ! Je ne disais pas ça pour ça !

Mais Amaury avait un regard grave, et elle comprit rapidement qu'il avait quelque chose d'important à lui dire.

– Qu'est-ce qu'il y a ? Un malheur est arrivé ?

– Écoute, Lisa, on a retrouvé le montreur d'ours ce matin, pendu comme un vulgaire morceau de viande dans les abattoirs…

Apparemment la nouvelle n'était pas arrivée jusqu'au campement, car Lisa l'ignorait ou, en tout cas, son étonnement sembla sincère à Amaury.

– Robert, répéta machinalement Lisa, visiblement choquée.

– Robert, oui. Je ne peux pas dire que sa mort me fasse énormément de peine, mais avoue que c'est troublant : deux morts en moins d'une semaine, et tous les deux faisaient partie de ta troupe ! Maintenant, j'ai peur pour toi, Lisa. Tu pourrais être la prochaine…

– Tu es gentil, Amaury. Mais je n'ai pas peur. Je n'ai rien à me reprocher, moi. Robert et Gino étaient de piètres recrues en vérité ! D'ailleurs, ils n'étaient pas là depuis longtemps. Ils sont arrivés ensemble au début de l'automne. Si j'avais été Bernardo, je ne leur aurais pas permis de nous suivre !

– Pourquoi ?

– Ils ne savaient rien faire. Robert avait un ours, mais il en avait peur. Il avait dû le prendre à quelqu'un. Et puis, tu as bien vu quel genre d'homme c'était. Depuis que nous sommes ici, ils étaient toujours à comploter et à s'absenter la nuit pour faire Dieu sait quoi !

– Hum… seulement depuis que vous êtes ici ?

Lisa réfléchit avant de répondre.

– Peut-être oui… je crois, à vrai dire, qu'ils ont surtout

commencé à être bizarres peu de temps après que Nicolas nous a rejoints.

– Nicolas ?

– C'était un très gentil garçon qui a fait un bout de route avec nous. Il voulait travailler sur le chantier cathédrale. Il logeait à l'Arbre vert, mais il passait ici nous dire bonjour au début… et puis, soudain, on ne l'a plus revu ! Je n'ai jamais su ce qu'il était devenu !

– Ce doit être le garçon dont Maître Jean m'a parlé ! Mais je ne savais pas qu'il était arrivé avec vous. Comment était-il ?

– Il était brun, avec des boucles. Il était très mince et disait avoir dix-sept ans, mais je crois qu'en réalité il en avait à peine quinze. Nous avons beaucoup ri ensemble.

– Brun, bouclé, mince… répéta Amaury, songeur.

L'image lui revenait de cette frêle silhouette qui se dissimulait dans l'ombre des portes cochères pour suivre plus commodément Adèle Picquet. Mais peut-être était-ce Hugues de Cressy qu'il suivait, ou bien Jacques, ou encore…

Amaury songea soudain à son rendez-vous avec le mage, mais il ne put s'empêcher de poser encore une question à Lisa.

– Depuis combien de temps Baldr est-il avec vous ?

Curieusement, Lisa se raidit et il crut voir son visage se fermer à cette question.

– Il nous a rejoints après les deux autres. Mais il n'est pas comme eux. Et si ce n'est pas un vrai mage, en tout cas, c'est probablement un saint !

Puis elle redevint aussitôt primesautière.

– Écoute, je ne travaille pas demain. On pourrait aller visiter les celliers de Saint-Acheul ? Ça nous changerait les idées !

Amaury se laissa convaincre d'autant plus facilement qu'il brûlait de passer enfin plus de quelques minutes avec Lisa. Sa seule défense fut de s'efforcer néanmoins à l'indifférence.

– Demain ? Oui… oui, si tu veux. J'ai mon cousin qui travaille là-bas. Il nous fera goûter le vin de l'année dernière.

Amaury dévisagea la jeune fille. Une si fraîche innocence habitait son visage presque enfantin qu'il fut presque persuadé qu'il n'avait rien à redouter de cet être-là. Rasséréné, il lui sourit et, pour la première fois, il osa poser ses lèvres sur sa main. Elle avait une odeur délicieuse cette main si gracieuse, si fragile, et pourtant déjà meurtrie par sa jeune expérience. Lisa le regardait intensément, paraissant elle aussi, pour la première fois, troublée. Cet instant magique fut interrompu par deux enfants qui se poursuivaient en riant. Amaury rendit à Lisa sa main et s'éloigna vers la roulotte du mage.

À peine eut-il frappé deux coups qu'une voix qu'il connaissait bien l'enjoignit d'entrer. Amaury referma la porte derrière lui. La pénombre régnait dans la roulotte bien qu'on fût en plein jour car les rideaux de velours indigo avaient été tirés, sans doute pour créer une atmosphère propice. Baldr, vêtu d'une robe de velours bleu azur, posa sur la table une écuelle remplie d'eau et invita le sculpteur à s'asseoir. Amaury s'exécuta et, alors, il reconnut son modèle.

Il était impressionnant ainsi. Encore plus qu'à l'accoutumée. Peut-être la raison en incombait-elle au bleu de sa robe qui accentuait la pâleur de sa carnation et l'abîme de son regard. Amaury se promit de demander au coloriste de peindre en bleu la tunique de son Beau Dieu.

Il interrogea Baldr abruptement.

– Pourquoi n'avoir pas dit qui tu étais ? demanda-t-il.

– Cela aurait donc changé quelque chose à ta façon de sculpter ? Et d'ailleurs, qui suis-je ?

Amaury, pris au piège, fit un geste vague de la main.

– Oh, il est vrai qu'après tout je n'en sais rien ! Tu te déguises, tu trompes ton monde, et finalement les gens autour de toi meurent comme des mouches ! Je trouve cela bien étrange. Ne me donneras-tu pas raison ?

– La cupidité a tué les deux dont tu parles. Ils étaient sourds de toute façon. Tôt ou tard, cela devait leur arriver.

– Pourquoi as-tu rejoint cette troupe ?

– Je les pistais. J'avais des choses à apprendre d'eux.

– Et lorsqu'ils te les ont apprises, tu t'es débarrassé d'eux ?

Le mage éclata de rire.

– Ah, ah, ah ! Tout est simple en somme ! Non, Amaury. L'écheveau est encore bien emmêlé. Pour l'instant, je cherche un enfant qui court un grave danger car il peut nous aider à faire la lumière.

– La lumière ! Tu sembles être un grand spécialiste

de la lumière ! railla Amaury. Mais toi qui lis dans les pensées, et aussi dans l'eau des écuelles à ce que je vois, tu dois déjà tout savoir ? Alors pourquoi ne vas-tu pas trouver l'échevin ?

– Tu m'attribues des pouvoirs que je n'ai pas. Je trouve peut-être plus facilement ce que je cherche que la moyenne des hommes mais, hélas, j'ignore où est l'enfant. Je sais seulement qu'il est enfermé et risque de mourir de faim…

– Cet enfant dont tu parles, est-ce le jeune garçon qui voyageait avec la troupe ?

Le mage acquiesça d'un air grave.

– Il a voulu jouer les justiciers, mais de plus rusés que lui ont eu raison de sa candeur. Veux-tu m'aider, Amaury ?

– Je veux que la vérité triomphe et que les innocents soient sauvés !

– Noble cause, en vérité, dit le mage en souriant devant cet enthousiasme presque juvénile. Eh bien, toi qui aimes les promenades nocturnes, Amaury, tu devrais aller faire un tour dans la rue où demeure Hugues de Cressy un peu après tierce. Quelqu'un sortira de chez lui et il faudra le suivre.

À la fois fasciné et agacé que Baldr lui dise toujours ce qu'il devait faire, Amaury fit remarquer ironiquement :

– Je suppose que, bien évidemment, tu ne peux pas le faire toi-même ?

Le mage secoua la tête. Amaury le regarda longuement dans les yeux. Il avait la quasi-certitude que l'homme était sincère et qu'il pouvait avoir confiance

110

en lui. Mais qu'est-ce qui pouvait bien lui inspirer ce sentiment ?

– Qu'à cela ne tienne, finit par dire Amaury, j'ai trop envie de savoir.

Baldr sourit et Amaury prit congé de lui.

Il pensa qu'il n'était pas obligé de tout dire à l'échevin. Tout ce qui concernait le mage était si étrange, et si peu… rationnel, que cela n'aurait fait que brouiller les pistes. Ainsi en décida le jeune sculpteur pour être en accord avec sa conscience.

Quand il quitta le pré Malaquis, il avait l'impression que tout devenait chaque jour plus confus. Chaque élément nouveau, au lieu d'éclaircir la situation, semblait un nœud supplémentaire à l'écheveau qu'Amaury s'efforçait de dénouer. Mais il s'était trop engagé pour abandonner maintenant et, surtout, il voulait s'assurer de l'innocence de Lisa. Peut-être, grâce aux conseils de Baldr, aurait-il bientôt suffisamment d'informations en main pour que la vérité enfin se fasse jour ?

Au moment où Amaury quittait le mage, les notables de la ville se réunissaient. À l'intérieur de la salle commune, le maire et huit échevins, dont Grégoire de Croy, avaient pris place dans de grands fauteuils autour d'une table recouverte d'une tapisserie. La discussion était agitée et le brouhaha régnait jusqu'à ce que le maire frappe du poing sur la table pour rétablir le silence.

—Messieurs ! Messieurs ! Je vous en prie !

Le calme peu à peu revint et la séance put reprendre. Guillaume Rabuissons, un vieil homme chenu qui siégeait depuis longtemps à l'échevinage, donnait son avis sur la rumeur croissante d'une septième croisade. Un concile devait avoir lieu à Lyon en juin de l'année suivante. Visiblement, cette perspective inquiétait les bourgeois de la ville qui craignaient qu'elle fût fatale à l'économie, florissante à l'époque, de la ville d'Amiens.

—Il est vrai, disait-il, que les croisades éloignent de notre ville beaucoup d'hommes valeureux, mais elles nous ont beaucoup apporté aussi, ne l'oublions pas. Et puis rien n'est encore décidé, et le pape remettra peut-être la décision de la reconquête de Jérusalem à plus tard. Attendons de savoir ce qu'en pense le roi. Vous savez sans doute qu'il est très malade. L'évêque doit organiser une procession dimanche afin que tous puissent prier pour son rétablissement. Nous comptons sur votre générosité à tous !

Le maire prit ensuite la parole pour amener le point suivant de l'ordre du jour.

—Mes chers amis, il nous faut maintenant nous occuper des troubles qui se sont produits en ville ces derniers jours. La situation est très préoccupante et je vais demander à Grégoire de Croy, qui a bien étudié les faits, de nous parler des derniers événements.

Grégoire de Croy, qui siégeait non loin du maire, le remercia d'un signe de tête et se leva pour prendre la parole.

—Vous n'ignorez rien, je pense, des deux crimes qui

ont été perpétrés cette semaine. Je suis cette enquête avec le chanoine Clari qui est, comme vous le savez, chargé de juridiction par l'évêque. Pour le moment, je l'avoue, les pistes sont minces. Mais un autre événement requiert toute notre attention. Je parle de la disparition de la jeune Adèle Picquet. La retrouver vivante le plus rapidement possible est notre priorité. C'est pourquoi tous les volontaires sont les bienvenus, de même que toute information qui pourrait nous mettre sur la voie. Nous allons par ailleurs renforcer la surveillance à l'intérieur des remparts et multiplier les milices de nuit afin d'assurer au mieux la sécurité de tous. La troupe de jongleurs ne pourra se produire sur la place publique que sous surveillance et nous posterons deux hommes au pré Malaquis en permanence. Dans l'immédiat, il semble que nous ne puissions rien faire de plus.

— Quelqu'un a-t-il quelque chose à ajouter ? demanda le maire.

Un murmure parcourut l'assemblée mais personne ne prit la parole.

— En ce cas, nous pouvons passer à l'action ! dit Grégoire de Croy. Merci d'avance pour vos contributions.

Les échevins se levèrent dans un grand bruit de fauteuils et ils vinrent tous proposer leurs services à Grégoire de Croy.

Lorsque Amaury passa le seuil de l'auberge de l'Arbre vert, complies n'avaient pas encore sonné. Il se dirigea tout droit vers la table où Eustache sommeillait, ronflant même légèrement. Le trouvère passait toutes ses soirées à s'enivrer depuis la disparition d'Adèle. Amaury le secoua sans succès, puis alla remplir un pichet d'eau fraîche et le versa en mince filet sur la tête de son ami. Au bout d'un demi-pichet, Eustache commença à donner des signes de vie. Encouragé, Amaury versa d'un seul coup tout ce qui restait. Le trouvère s'ébroua et s'assit.

– C'est toi, Amaury ? Qu'est-ce que tu fais là ?

– J'ai une mission pour toi, dit Amaury.

Eustache vacillait un peu.

– Heu… je ne suis pas sûr d'être l'homme de la situation… à moins que… peut-être qu'un petit verre me remettrait d'aplomb ?…

Amaury empoigna Eustache sous le bras et l'emmena vers la porte de sortie.

– Je te propose un grand bol d'air au lieu d'hypocras[1], dit-il. Et pour l'assaisonner, un peu d'aventure…

– Quoi ? Mais qu'est-ce que tu racontes, Amaury ?

– Je t'expliquerai en marchant.

Au moment où ils franchissaient la porte, Eustache se retourna vers l'aubergiste.

– Salut, l'ami ! Je te paierai bientôt ! Foi de trouvère !

---

1. Hypocras : vin sucré très apprécié au Moyen Âge, dans lequel on a fait infuser cannelle, vanille, clou de girofle…

Amaury et Eustache, bien emmitouflés dans leurs garde-corps, rasèrent les murs jusqu'à la maison d'Hugues de Cressy sans rencontrer aucune patrouille. Amaury ne songea pas à s'en étonner, allant même jusqu'à penser que cela faisait partie du plan de Baldr. Après tout, pensa-t-il, un homme qui servait de modèle au Christ pouvait bien avoir quelques-uns de ses attributs ! Cela n'était pas sérieux, Amaury le savait, et n'aurait certes osé parler à quiconque de ce qui se passait chaque soir dans son atelier.

– Et maintenant, que faisons-nous ? chuchota Eustache en se frictionnant les bras énergiquement.

Amaury lui fit signe de se taire en mettant un doigt devant ses lèvres. La porte de la maison d'Hugues de Cressy s'ouvrit en grinçant, laissant passer la silhouette d'un lépreux qui tenait une lanterne éteinte à la main. Les deux amis retinrent leur souffle et s'enfoncèrent un peu plus dans l'ombre de l'auvent qui les abritait. Le lépreux s'éloigna d'un pas rapide. Amaury et Eustache le laissèrent prendre un peu d'avance avant de lui emboîter le pas. L'homme tourna à droite, marchant toujours du même pas vif. Puis il se retourna brusquement, tendant l'oreille comme s'il avait entendu les pas de ses suiveurs. Amaury et Eustache avaient eu tout juste le temps de se plaquer dans l'embrasure d'une porte.

– Il nous a vus ? chuchota Eustache.

– Non. Il repart.

Le lépreux en effet avait repris sa marche rapide. Il se dirigeait à n'en pas douter vers la cathédrale.

Il venait de tourner une deuxième fois à droite, débouchant ainsi devant le portail latéral de la cathédrale. Là, il fit encore une halte pour s'assurer qu'il n'était pas suivi avant de s'engouffrer sous le porche. Eustache et Amaury se précipitèrent à sa suite.

Dans la cathédrale déserte, le lépreux s'arrêta près d'un cierge pour y allumer sa lanterne. Il continua ensuite vers le chantier du chœur où les deux compagnons le virent soudain disparaître derrière un amoncellement de blocs de pierre. Eustache et Amaury se regardèrent étonnés et, lorsqu'ils eurent à leur tour contourné les blocs qui attendaient d'être taillés ou hissés sur quelque mur de soutènement, ils se trouvèrent devant un escalier qui s'enfonçait dans le sol dans le prolongement d'un pilier. Au même moment, ils entendaient le choc déjà lointain de la lanterne contre la pierre. Sans réfléchir davantage, Eustache s'empara d'un des cierges qui brûlaient à la dévotion de saint Firmin, et ils s'engagèrent à leur tour dans le ventre de la cathédrale. Amaury, qui connaissait pourtant bien le chantier, croyait l'escalier rebouché depuis longtemps. C'était un vestige de la crypte de l'ancienne église qui avait été transportée et reconstruite pierre à pierre un peu plus loin pour laisser place nette à la cathédrale, il y avait plus de vingt-cinq ans de cela. Ils purent d'ailleurs bientôt constater que l'escalier menait en effet à une crypte. Ils l'explorèrent et découvrirent une petite ouverture basse qui semblait être le début d'un couloir étroit.

– Ça alors ! Un souterrain ! dit Eustache, excité comme un enfant qui pense découvrir un trésor.

– On y va ? demanda-t-il à Amaury.

Amaury, légèrement inquiet, acquiesça, et ils s'engagèrent dans le passage. Ils cheminaient courbés, sans grande visibilité, dans un dédale de pierre qui ressemblait fort à un labyrinthe, et ils devaient constamment faire des choix car les couloirs se divisaient en deux tous les dix mètres environ. Alors Amaury, à l'écoute de sa petite boussole intérieure, indiquait à son ami le chemin à prendre. Au bout d'un moment, Eustache finit par être inquiet.

– Tu te souviendras du chemin ?

– On a tourné une fois à droite, deux fois à gauche et encore une fois à droite… et voilà que ça s'arrange, on dirait…

Le couloir s'élargissait en effet et ils purent se redresser. Trois boyaux s'ouvraient devant eux, aussi sombres l'un que l'autre. Soudain, ils perçurent à nouveau au loin le choc de la lanterne contre la pierre. Fous de joie, ils s'engagèrent aussitôt dans le couloir de gauche. Ils avançaient difficilement car le sol était visqueux et glissant. Ils rencontrèrent ensuite quelques marches irrégulières qui débouchaient dans un autre couloir. Là, un peu de lumière filtrait par une sorte de soupirail. Le couloir continuait, mais les bruits étaient à présent plus nets et provenaient à n'en pas douter de l'autre côté du soupirail. Amaury sautilla vainement sur place une ou deux fois, pour tenter d'apercevoir quelque chose, puis se tourna résolument vers Eustache.

– Fais-moi la courte échelle ! chuchota Amaury.

Eustache posa le cierge sur le sol et s'exécuta.

– Voilà pourquoi tu avais besoin de moi...

Amaury, qui s'était hissé sur les mains de son ami, souleva le papier huilé qui recouvrait le soupirail et écarquilla les yeux. Ils se trouvaient à l'autre extrémité du laboratoire de l'alchimiste ! Le lépreux d'ailleurs, qui venait d'ôter sa robe, n'était autre que l'apothicaire. Il posa son déguisement sur une étagère et, après un regard circulaire, monta l'escalier qui menait à l'étage avec sa lanterne. Le laboratoire fut à nouveau plongé dans l'obscurité.

– Ça alors ! dit Amaury. Mais pourquoi avoir fait un tel détour ?...

Eustache piaffait d'impatience et avait de plus en plus de mal à rester immobile.

– Qu'est-ce que tu vois ? Dis-moi ce que tu vois ou bien...

Amaury lui fit signe de se taire et sauta à terre prestement.

– On est sous la rue de l'apothicaire. Il faudrait entrer là-dedans. L'idéal serait une tige de fer.

Eustache leva les yeux au ciel et écarta les bras en signe d'impuissance. Amaury fouilla ses poches et en sortit son ciseau de sculpteur.

– Ça n'est pas tout à fait une barre de fer, mais ça peut rendre des services.

Amaury se dirigea vers la porte par laquelle était entré l'apothicaire et introduisit fébrilement son ciseau dans la serrure.

– Mais pourquoi diable veux-tu entrer là-dedans ?

Amaury fit sauter le loquet comme il l'avait déjà fait avec celui de la boutique. On entendit un petit déclic et, lentement, il ouvrit la porte.

– Par tous les saints ! gémit Eustache. On dirait que tu as fait cela toute ta vie !

– Ma foi… c'est vrai que je ne me débrouille pas trop mal.

Amaury pénétra à pas de velours dans le laboratoire, suivi d'Eustache, la chandelle toujours à la main. Ils s'avancèrent parmi les fioles, les cornues, les livres et divers instruments étranges. Eustache, qui regardait sans cesse autour de lui, frôla de sa manche une cornue posée trop près du bord de la table. Amaury la rattrapa de justesse au grand soulagement de son compagnon. Ils inspectèrent les murs qui étaient couverts d'étagères. Amaury s'approcha d'une cheminée en demi-cercle, semblable à celles des boulangers, et s'aperçut que quelques braises y rougeoyaient encore. L'apothicaire avait dû travailler dans son laboratoire avant d'aller rendre visite à Hugues de Cressy. C'est alors que son regard fut attiré par une petite porte à l'intérieur du foyer. Il l'ouvrit. Eustache était de plus en plus inquiet.

– Il me semble que j'ai entendu du bruit, dit-il.

Amaury tendit l'oreille. Il déclara à Eustache que c'était son imagination qui entendait des bruits. Il lui prit la chandelle et se hissa sur la pointe des pieds pour voir ce qui se trouvait derrière la petite porte. Il retint avec peine une exclamation : dans la petite niche se trouvait un véritable trésor, rutilant de mille feux. Il y plongea la main et en sortit une poignée de pierres qu'il montra à Eustache. Celui-ci en eut le souffle coupé.

– Par tous les saints ! Il y a là de quoi mener grand train ! Crois-tu que c'est un receleur ?

– Peut-être bien…

On entendit alors un craquement, cette fois bien distinct.

– Amaury, je suis sûr d'avoir entendu quelque chose ! chuchota Eustache qui était blême.

– Il se peut que tu aies raison, convint Amaury, plus calme que jamais.

Il remit les bijoux dans la cache. On entendit le bruit d'une porte qui s'ouvrait en grinçant en haut. Amaury repoussa la petite porte. C'est alors qu'une voix résonna sur les parois de pierre.

– Il y a quelqu'un par ici ?

Les deux amis se précipitèrent vers la porte par laquelle ils étaient arrivés. Ils entendirent l'apothicaire qui commençait à descendre. Eustache était déjà à la porte, mais Amaury avait fait une halte à l'endroit où il avait aperçu la croix d'argent la première fois qu'il était venu. Les pas continuaient inexorablement de descendre. Eustache suait à grosses gouttes, n'osant pas s'enfuir sans Amaury.

– Amaury, pour l'amour de Dieu ! souffla-t-il, angoissé.

Amaury mit la croix dans sa poche et s'élança enfin derrière Eustache.

Il était temps, car l'apothicaire, un poignard à la main, entendant les pas précipités des deux amis dans le souterrain, s'élançait sur leurs traces. Amaury et Eustache couraient comme jamais de leur vie ils n'avaient couru. L'apothicaire se déplaçait moins vite, mais il connaissait bien le dédale de pierre. Les deux amis furent obligés de faire halte à l'intersection de deux couloirs, car ils hésitaient sur la direction à prendre. Ils pouvaient entendre clairement le bruit des pas de leur poursuivant, tandis qu'Amaury réfléchissait. Bientôt, les pas se ralentirent. L'apothicaire devait se demander pourquoi il ne les entendait plus. Amaury tentait de se remémorer le chemin qu'ils avaient pris à l'aller.

– Une fois à gauche, deux fois à droite, une fois...

Eustache, le front inondé de sueur, songeait de plus en plus sérieusement qu'il allait peut-être bientôt mourir.

– C'est par là ! chuchota Amaury en s'élançant dans le boyau de droite.

– Tu en es sûr ?

– Non !

Ils se remirent à courir, aussitôt imités par leur poursuivant. Ils arrivèrent dans la cathédrale et toujours courant, s'en échappèrent pour s'engouffrer dans une ruelle. Ils furent rapidement rue du Hocquet devant la maison d'Amaury et se ruèrent à l'intérieur en prenant toutefois garde de ne réveiller personne dans la maisonnée.

Dans l'atelier, ils s'affalèrent hors d'haleine devant le foyer où demeuraient quelques braises. Amaury riait en étouffant son rire afin qu'on ne puisse pas l'entendre. Ils se mirent à parler à voix basse.

– Ah ! je ne me souviens pas d'avoir couru aussi vite

depuis longtemps ! dit Eustache qui ne parvenait pas à reprendre son souffle.

À ce moment, dans la ruelle, on entendit passer une patrouille de nuit.

– Ouf ! Il était temps !… dit encore Eustache.

Puis il se mit à réfléchir et fronça les sourcils.

– C'est tout de même extraordinaire que nous n'ayons rencontré aucune patrouille ni à l'aller, ni au retour !

– C'est vrai, convint Amaury. Nous avons eu de la chance.

– En effet, c'est même inouï si l'on songe qu'elles ont été multipliées par trois depuis hier ! Mon Dieu ! Quelle émotion ! J'ai eu si peur qu'il me semble que retrouver Adèle sera facile maintenant ! Mais que comptes-tu faire maintenant ?

– Je vais aller trouver Grégoire de Croy et lui raconter notre petite expédition. Elle devrait l'intéresser.

Amaury avait mis quelques petites bûches dans les braises. Elles prirent presque instantanément, et il se réchauffa les mains. Eustache, cependant, était de plus en plus perplexe.

– Mais qu'est-ce qui se passe donc dans cette ville ? Est-ce un simple trafic de bijoux volés qui a causé la mort des deux jongleurs ?

– Peut-être… mais peut-être aussi est-ce plus compliqué que cela.

– Mais Adèle ? Grand Dieu, qu'est-ce qu'Adèle peut bien avoir à faire là-dedans !

– Je suis certain qu'Adèle est partie de son plein gré pour échapper à ses parents et au mariage.

– Où peut-elle bien être allée ? Ils ont fouillé toute la ville et les alentours !

– Aie confiance. Je suis sûr qu'on va la retrouver. À moins qu'elle ne revienne d'elle-même…

Le lendemain matin, après avoir dormi quelques heures dans l'atelier d'Amaury, les deux amis se séparèrent devant la porte. Eustache regagna sa chambrette et le sculpteur se dirigea vers la demeure de Grégoire de Croy pour lui faire son rapport. Il espérait qu'à cette heure ce dernier ne serait pas encore parti battre la campagne à la recherche d'Adèle. Il souhaitait se débarrasser tout de suite de cette confession. Une fois la conscience du devoir accompli, il pourrait s'habiller le cœur pour aller retrouver Lisa.

Amaury marchait d'un bon pas lorsqu'il se trouva soudain mêlé à un attroupement qui s'était formé dans l'impasse où demeurait l'apothicaire. Il décida de s'en approcher et, lorsqu'il fut parvenu au premier rang, il s'aperçut que la porte avait été défoncée. Un rapide coup d'œil à l'intérieur lui permit de constater que la boutique avait été entièrement saccagée. Amaury était perplexe. Aiguillonné une fois de plus par la curiosité, il tenta de s'approcher encore plus près, mais il en fut empêché par un des hommes de la milice qui le repoussa de son arquebuse.

– On n'entre pas !

– Qu'est-ce qui s'est passé ? demanda Amaury.

– Quelqu'un a voulu faire un peu de ménage, mais il ne s'y entendait pas, lui répondit le milicien qui semblait d'humeur joviale.

Les rires fusèrent autour d'eux à cette réponse.

– Et l'apothicaire ? Où est-t-il ?

– Je crois que tout le monde ici aimerait bien le savoir, répliqua encore l'impertinent arquebusier.

Amaury aperçut soudain Grégoire de Croy et le chanoine Clari à l'intérieur de la boutique, et il manifesta aussitôt son désir de les rejoindre.

– Je dois voir M. de Croy ! Je me rendais chez lui justement. Il faut absolument que je lui parle !

– Eh bien, confie-toi à moi, mon petit. Je lui ferai la commission, lui dit l'arquebusier.

Amaury s'énerva un peu et répéta sa requête sur un ton impératif qui l'étonna lui-même et fit impression sur l'homme d'armes :

– Dis-lui que je veux le voir ! C'est important !

– Oh, là ! Calmons-nous, jeune homme !

Il fit signe à un de ses camarades qui se trouvait à l'intérieur de la boutique.

– Hé ! Préviens M. de Croy qu'il a de la visite !

L'homme de la milice qui était à l'intérieur s'exécuta. Un instant plus tard, Grégoire de Croy passait la tête à la porte de la boutique et fit signe à Amaury d'entrer. Le sculpteur ne put s'empêcher d'adresser un petit sourire narquois à l'arquebusier en passant devant lui.

Aussitôt qu'il fut entré, Amaury eut droit au regard suspicieux du chanoine Clari.

– Tiens donc ! Voilà notre jeune ami qui arrive toujours tellement à propos !

Mais Amaury, qui était à présent coutumier des remarques acerbes du chanoine, jugea préférable de l'ignorer et se tourna vers Grégoire de Croy.

– Je venais justement chez vous. J'ai quelque chose d'important à vous dire.

Ils allèrent un peu à l'écart et Amaury lui fit le récit des événements de la nuit.

– Viens, Amaury, nous allons vérifier tout cela, dit Grégoire de Croy. Il est préférable que le chanoine Clari nous accompagne.

Ils revinrent près de Clari qui examinait des débris de verre. Grégoire de Croy lui dit quelques mots à l'oreille. Celui-ci interrompit son examen et tous trois se dirigèrent vers l'escalier. Ainsi que l'avait pressenti Amaury, le laboratoire avait, tout comme la boutique, été saccagé. Enjambant les débris et contournant les meubles renversés, Amaury se dirigea droit vers le foyer et ouvrit la porte de la niche qui était béante.

– Voyez ! La petite porte est entrouverte.

L'enthousiasme d'Amaury cependant retomba rapidement car la niche était vide. Il balaya de sa main le réduit qui contenait encore, quelques heures plus tôt, un trésor fabuleux et finit tout de même par en extraire, triomphant, une minuscule pierre qu'il brandit sous le nez de Clari. C'était un petit saphir.

– Regardez ! s'écria-t-il, avant de se rendre compte

que l'allégresse n'était pas de mise, le butin étant bien mince. C'est tout ce qu'il en reste, hélas ! ajouta-t-il contrit.

Clari examina la pierre. Amaury, cependant, ne s'estimait pas vaincu et virevoltait encore dans l'atelier, soucieux de prouver la véracité de ses dires.

– Il avait rangé sa robe de lépreux là-bas !

Joignant le geste à la parole, il se précipita vers l'étagère et retourna tout ce qui s'y trouvait sans plus de succès.

– Elle a disparu aussi, dit Amaury qui ne pouvait dissimuler sa déception et qui se demandait comment diable tout cela avait pu se faire aussi vite.

– Eh oui ! Tout disparaît en ce moment ! enchaîna Clari qui jubilait. Les jeunes filles, les apothicaires, et les pierres précieuses ! Mon jeune ami, je m'en vais vous donner un conseil que je vous encourage très vivement à suivre : vous allez me faire le plaisir de rentrer chez vous, de prendre votre ciseau de sculpteur, et de vous en servir uniquement sur la statue que l'on vous a commandée, jusqu'à nouvel ordre ! Sinon, je me verrai dans l'obligation de vous y contraindre moi-même !

– Nous allons explorer le souterrain et disposer des sentinelles aux entrées, dit Grégoire de Croy en tapotant l'épaule d'Amaury, pour le consoler et pour le convaincre que son escapade n'avait pas été vaine. Et puis, nous cherchions déjà Adèle Picquet depuis plusieurs jours, nous chercherons l'apothicaire en même temps. Courage, Amaury ! Nous cheminons vers la vérité, chaque jour nous en rapproche, j'en suis persuadé !

– J'admire votre optimisme, dit Clari. Je dirais, pour ma part, que chaque jour embrouille un peu plus les fils que nous croyions être en train de démêler…

– Puissent les événements vous faire mentir, j'en serais heureux.

– Moi aussi, avoua Clari, moi aussi, mon cher…

Après les avoir quittés, Amaury fut à nouveau obligé de se frayer un chemin à travers la foule qui demeurait agglutinée devant la boutique. Il fut happé au passage par des mains anonymes et avides qui voulaient obtenir de lui des informations fraîches sur ce qui s'était passé.

– Je ne sais rien, je ne sais rien, répétait Amaury, on n'a rien voulu me dire.

Les curieux comprirent qu'ils n'en tireraient rien et le laissèrent s'éloigner d'un pas léger. Il posa sa main sur son surcot et fronça les sourcils. La légère bosse qu'il sentait sous sa paume était celle de la croix qu'il avait prise dans le laboratoire de l'alchimiste et dont il n'avait pas même songé à mentionner l'existence aux deux enquêteurs. Il hésita, prêt à revenir sur ses pas, mais une petite voix lui souffla de n'en rien faire. Il lui obéit et poursuivit son chemin.

Hugues de Cressy était devant chez lui et donnait les dernières consignes à son valet Jacques. Il s'apprêtait à monter sur son cheval lorsque Clari et Grégoire de Croy vinrent à sa rencontre sur leur monture. Grégoire de Croy mit pied à terre le premier et salua Hugues de Cressy.

– Ne partons-nous pas ? s'étonna Hugues de Cressy.

– Si fait, dans un instant. Cependant, le chanoine Clari m'accompagne car il voulait vous poser une petite question avant que nous ne partions.

Le chanoine Clari, qui avait mis pied à terre lui aussi, s'indigna d'entendre Grégoire de Croy rejeter sur lui la responsabilité de l'interrogatoire. Il s'empressa de rétablir ce qu'il estimait être la vérité.

– Pour dire vrai, nous le voulions tous deux. Vous savez, ce sont encore ces stupides vérifications d'usage. Il est vrai que l'apothicaire ayant disparu cette nuit…

– L'apothicaire a disparu ? répéta Hugues de Cressy qui semblait sincèrement étonné.

– Oui, dit Grégoire de Croy. Et tout chez lui a été saccagé. En ces circonstances, vous comprendrez sûrement que nous souhaitons avoir des précisions sur la visite qu'il vous a rendue cette nuit. Car vous êtes la dernière personne, outre notre informateur, à l'avoir vu avant sa disparition…

Hugues de Cressy eut un mouvement d'humeur qui s'adressait plus particulièrement à Grégoire de Croy.

– Dieu, que vos espions sont habiles à traquer l'honnête homme et peu enclins à démasquer l'injustice !

– Nous ne faisons pas toujours, hélas, ce que nous voulons, mais en dépit des apparences le but que nous poursuivons est toujours la justice. Tôt ou tard, elle sera faite, je vous en donne ma parole.

Grégoire de Croy avait répondu fermement à Hugues de Cressy. Il changea néanmoins de ton lorsqu'il en arriva à la question qu'il souhaitait éclaircir.

– Pouvez-vous nous confirmer que l'apothicaire était chez vous hier soir, peu après complies ?

– C'est vrai, il est revenu me voir. Il était affublé d'un accoutrement ridicule. J'ai failli le jeter dehors !

– Mais vous ne l'avez pas fait, remarqua de Croy, doucereux.

– Non, je ne l'ai pas fait ! répliqua d'un ton tranchant Hugues de Cressy que tous ces sous-entendus mettaient hors de lui.

Puis il se radoucit.

– J'étais, je l'avoue, curieux. Curieux de ce qu'il avait à me proposer. Il s'agissait de pierres bien entendu. Un bracelet pour être plus précis, orné de petits rubis. Mais, après notre discussion de l'autre jour, j'ai refusé de traiter avec lui, et lui ai signifié que je ne le recevrai plus. Il est donc reparti. Voilà !

Le chanoine Clari eut un air de profonde satisfaction en écoutant cette réponse, et il se tourna aussitôt vers l'échevin.

– Eh oui, mon cher. Je vous l'avais bien dit ! Nous ennuyons M. de Cressy avec toutes ces balivernes. Et c'est à cause de votre informateur qui manque de sérieux. Laissez faire les professionnels, croyez-moi !

Grégoire de Croy s'efforça de demeurer impassible à cette critique et remonta sur son cheval tandis que Clari se rapprochait d'Hugues de Cressy pour lui parler à voix basse.

— Pardonnez-nous ces désagréments, cher ami, je vous en prie. J'ai longuement prié Dieu cette nuit, et je suis sûr qu'il ne se passera pas un jour de plus sans que nous retrouvions la jeune Adèle, saine et sauve.

Il se dirigea ensuite vers son cheval, puis se ravisa encore.

— Oh ! excusez-moi, je vous laisse partir. Juste un dernier mot : puis-je me permettre de vous suggérer, étant donné la situation, de me confier les pendants d'oreilles que vous comptez offrir à votre promise. Voyez ce qui est arrivé chez l'apothicaire. Je pense qu'ils seraient plus en sûreté à l'évêché et... cela me permettrait de les contempler à mon aise car, pour être homme de Dieu, on n'en est pas moins sensible à la beauté...

— C'est impossible. Je le regrette, répondit Hugues de Cressy après un instant d'hésitation.

— Oh ! je suis sûr que cela ne vous prendra que quelques instants et je suis persuadé aussi que vous avez toute confiance en moi...

— Il n'est pas question de cela ! Mais... je ne les ai plus.

— Comment ? Comment cela est-il possible ?

— Après tout, puisque vous voulez le savoir ! Je ne voulais pas jeter le discrédit sur un homme que vous connaissez sans doute de longue date, mais après ce que vous venez de me dire... C'est cet apothicaire qui les a pris, j'en jurerais ! Je n'y ai tout d'abord pas prêté attention, mais ils étaient sur la crédence lorsqu'il m'a rendu visite et, ce matin, ils n'y étaient plus.

– Quelle imprudence ! Des bijoux si précieux ! Sur une crédence ! s'indigna Clari.

Puis il baissa la voix et loucha vers Jacques.

– Mais... heu... avez-vous toute confiance en vos domestiques ?

– Une absolue confiance, répliqua Hugues sur un ton qui n'admettait aucun doute. C'est la raison pour laquelle ces émeraudes étaient restées sur la crédence...

– Vous auriez dû nous en avertir immédiatement...

– Eh bien, n'est-ce pas ce que je suis en train de faire ? Car après tout le vol a eu lieu cette nuit ! Il est vrai que ma première pensée en m'éveillant ce matin fut pour Adèle et non pour les pendants d'oreilles. J'espère que vous pourrez le comprendre.

– Mais bien sûr !

– Alors, mon cher, il faudra faire votre deuil de cette contemplation ! conclut Grégoire de Croy que toutes ces politesses commençaient à lasser.

– Quel grand dommage ! Mais allez vite ! Et tâchez de retrouver cet homme ! Et surtout la jeune fille ! Mon Dieu ! Mon Dieu ! gémit Clari.

Hugues de Cressy enfourcha enfin sa monture. Lui et l'échevin se mirent en route, tandis que le chanoine les regardait s'éloigner.

Les vendanges traditionnelles étaient, comme un peu partout dans le pays, terminées depuis la mi-octobre. Mais une partie du raisin était restée sur pied à se gorger de sucre et de soleil. Le grain était devenu noir et semblait presque pourri. Chaque année, on produisait ainsi de petites quantités de vin d'hiver qui, telle une précieuse ambroisie, ravissait les palais de son goût de miel et de figue. L'année était exceptionnelle, car il n'y avait pas encore eu une seule gelée. À présent, l'heure était à la cueillette. Des hommes et des femmes se courbaient sur les ceps pour couper les grappes poisseuses. D'autres portaient sur l'épaule des paniers pleins qu'ils allaient déverser dans une charrette. Tous avaient les mains et les avant-bras maculés de ce jus noir. Quelques jeunes enfants jouaient dans les rangs de vigne et aidaient un peu à la cueillette. Des femmes étaient en train de dresser des tréteaux sous le cellier pour le repas de midi, et on avait allumé un bon feu de sarment sur lequel un chaudron bouillait. Amaury et Lisa avaient humé, bien avant d'être arrivés, la bonne odeur de soupe de légumes dans laquelle on avait jeté des morceaux de ventrèche bien gras et du pain grillé. Ils arrivèrent auprès de l'homme qui vidait les paniers dans la charrette.

– Bonjour, dit Amaury. René est-il là ?

– René ? Oui, il est dans la dernière rangée là-bas.

Il le héla aussitôt.

– René ! Je t'envoie du monde !

Le nommé René, un garçon d'une vingtaine d'années aux joues rouges, se redressa et, reconnaissant son cousin, lui fit un signe. Amaury et Lisa le rejoignirent.

Amaury l'embrassa et, un peu gêné, lui présenta sa compagne.

– Je te présente Lisa, euh… Lisa…

– On m'appelle Lisa d'Assise, parce que je suis née là-bas.

– Lisa d'Assise ! Quelle chance de naître dans le même pays que notre bon petit moine François ! Vous êtes adoptée ! Vous allez partager notre dîner !

Une demi-heure plus tard, tous les vendangeurs, y compris les enfants, étaient attablés et buvaient du bouillon dans une écuelle. Une tranche épaisse de pain

était posée devant chacun d'eux. Amaury et Lisa avaient pris place au bout de la table, de part et d'autre de René. Un garçon passait avec un grand pichet et remplissait les gobelets du vin de la première vendange. Il était encore très jeune, presque vert. Amaury sortit deux gobelets de son sac et en donna un à Lisa afin qu'on puisse leur en verser. Puis des femmes apportèrent, dans trois grandes écuelles qu'elles posèrent au milieu des convives, des légumes qui avaient cuit dans le bouillon parsemé de quelques morceaux de viande grasse. Toutes les mains plongèrent dans les écuelles pour en retirer des morceaux qu'ils mangeaient avec trois doigts de leur main droite. Lisa se saisit d'un morceau de poireau et croqua dedans car il était trop gros pour le mettre dans sa bouche d'un seul coup. Un peu de jus coula sur sa main et ses lèvres devinrent luisantes de graisse. Amaury ne la quittait pas des yeux.

Il ne songeait pas même à manger. Lisa lui sourit. Le regard de René allait de l'un à l'autre, conscient du mystère de l'amour qui était en train d'opérer.

— Ma foi, Amaury, on m'avait dit que tu ne sortais plus de ton atelier, et je t'avoue que j'ai bien cru que tu étais entré dans l'ordre de la pierre.

Ils rirent de bon cœur à cette plaisanterie.

— C'est Lisa qui m'a rendu l'envie de la lumière du jour.

La jeune fille sourit et but une gorgée de vin. Amaury lui dédia un sourire complice en levant son gobelet. Ils se nourrissaient mutuellement de leur présence. Tout était devenu source de jouissance. Et c'est à peine s'ils entendaient encore, comme assourdie, la voix de René qui les pressait gentiment d'attentions.

— N'abusez pas de ce vin vert, sinon vos entrailles vont vous le faire regretter.

Disant cela, il leva son gobelet et voulut trinquer avec Amaury et Lisa.

— Et que fait donc une jolie fille d'Assise dans notre ville ?

À ces mots, Amaury comprit que le charme allait être rompu tandis que Lisa répondait le plus innocemment du monde :

— Je suis venue avec les jongleurs. Je sais marcher sur un fil et…

— Lisa ! l'interrompit Amaury.

— Oui ? s'étonna-t-elle.

Mais il était trop tard. Tous ceux qui l'avaient entendue se mirent à la regarder comme une bête curieuse et René lui-même avait perdu son bel enthousiasme.

– Oh ! Je vois… Il faut bien gagner sa vie de toute façon, avait-il dit comme pour excuser sa gêne.

Mais les vendangeurs s'étaient mis à chuchoter entre eux et, déjà, on pouvait entendre çà et là parmi l'assemblée les mots « jongleur » et « saltimbanque » prononcés sur un ton méprisant.

– Je crois que nous ferions mieux d'y aller maintenant, dit Amaury en se levant.

Lisa, désolée, demeura un instant à contempler les visages hostiles, puis elle leur sourit.

– Je vous remercie de m'avoir accueillie à votre table. La soupe était délicieuse.

Seuls deux enfants lui rendirent son sourire et le silence répondit à ses paroles. Elle se leva alors et rejoignit Amaury. René, gêné, les accompagna néanmoins jusqu'au bord du chemin.

– Il faut comprendre… Les gens n'aiment pas trop les jongleurs, sauf sur la place publique. Et puis… avec tout ce qui se passe en ce moment…

Amaury lui fit un petit sourire compréhensif et Lisa l'embrassa si spontanément que René ne put s'empêcher d'être attendri. Après qu'ils se furent éloignés, Lisa lui adressa encore un petit salut de la main que René lui rendit discrètement en cachant sa main devant sa poitrine pour que les autres ne le voient pas.

Lisa et Amaury marchèrent un moment en silence sur le chemin. Amaury était devenu sombre. Lisa le prit par la main.

– Ne sois pas triste, Amaury. Je ne le suis pas, moi.

Ça m'est égal ce qu'ils pensent de moi. Ils ont peur, voilà tout. Ce sont eux qu'il faut plaindre. Regarde ! Le soleil brille toujours et nous sommes ensemble.

Amaury regarda le ciel bleu et le soleil comme s'il les découvrait. Et puis il vit le visage radieux de Lisa et il s'apaisa presque aussitôt.

– Tout semble si simple pour toi.

Il s'arrêta un instant pour la contempler.

– Mais tu as sûrement raison. Viens ! Courons ! Je ne sais pas pourquoi, mais j'ai envie de courir à en perdre le souffle !

Puis ils se mirent à courir, main dans la main, comme des enfants, riant et criant. Ils arrivèrent tout essoufflés au bord de la Somme et se jetèrent en même temps sur l'herbe verte en riant aux éclats. Là, ils reprirent haleine. Lisa chercha le regard d'Amaury.

– Tu sais, Amaury… j'attendais avec tant d'impatience le moment où je te rencontrerais… Mon cœur a bondi dans ma poitrine quand je t'ai reconnu dans la foule le premier jour…

– Quand tu m'as reconnu ? Tu n'as pas pu me reconnaître puisque tu ne me connaissais pas !

– Mais mon cœur te connaissait, Amaury ! Il a su tout de suite que c'était toi !

Amaury s'approcha de l'eau et y plongea les mains pour se rafraîchir le visage. Elle était glacée en dépit des rayons du soleil qui glissaient à sa surface. L'arrière-saison avait été si douce que, n'étaient les arbres dénudés, on aurait pu se croire au début de l'automne. Mais l'eau ne trichait pas et rappelait aux promeneurs que les frimas n'étaient pas loin. Heureusement, l'herbe était encore presque tiède. Amaury s'allongea à plat ventre et demeura pensif.

— Moi, en te voyant, finit-il par avouer, j'ai seulement su que je ressentais quelque chose que je n'avais jamais ressenti, et ça m'a fait peur…

— Et maintenant ? Ça ne te fait plus peur ?

— Je ne sais pas…

Lisa vint s'allonger auprès d'Amaury. Celui-ci contemplait toujours la surface de l'onde. Soudain il lui sembla qu'elle devenait opaque et, l'instant d'après, des formes s'y dessinèrent, de plus en plus précises. Peu à peu, la cathédrale lui apparut dans toute sa splendeur colorée, entièrement achevée. Amaury, bouche bée, regardait la statue du Beau Dieu, sa statue, qui trônait au milieu du portail central, rehaussée de couleurs vives. Au pied de l'édifice, une foule nombreuse admirait, s'exclamait avec ferveur. Il ferma les yeux et les rouvrit. Alors la vision commença doucement à s'effacer pour laisser place aux faibles remous de l'eau. Il regarda Lisa qui n'avait pas bougé. Lorsqu'elle vit le visage bouleversé d'Amaury, elle se redressa, prenant appui sur son coude.

— Qu'est-ce que tu as ? Tu ne vas pas bien ?

— Je… il… il vient de m'arriver quelque chose ! J'ai vu… j'ai vu, Lisa, tu entends ! J'ai vu la cathédrale entièrement achevée et peinte, et j'ai vu la statue que je n'ai même pas terminée et… elle… elle était terminée !

Lisa parut rassérénée et eut un petit geste négligent.

— Ah ! Bah… tu m'as fait peur… Ne te tracasse donc pas. Ce sont des choses qui arrivent.

Amaury la regarda avec un mélange de crainte et d'admiration.

– Ça t'est déjà arrivé à toi ?

– Parfois.

– Tu te moques certainement de moi. Comment croire une telle chose ?

– Oh ! Mais personne ne te demande de le croire. Si tu le crois, c'est vrai, et si tu ne le crois pas, ce n'est pas vrai, voilà tout.

– C'est un peu rapide pour moi comme philosophie.

Amaury se leva et se mit à marcher en rond en faisant de grands pas pour mieux réfléchir. Le doute revenait l'assaillir. Qui était Lisa ? Pourquoi ce qu'elle disait semblait-il tellement proche de ce que lui disait le mage Baldr ? Et si l'avenir était véritablement prévu d'avance, alors, personne n'était libre ! Et lui, Amaury, quel était son destin ? Était-ce son destin de sculpter le Beau Dieu ? Et ensuite ? Qu'était-il prévu ? Devrait-il épouser Lisa ? Elle le contemplait d'un air amusé.

– Comment être libre si tout est écrit d'avance ? osa-t-il enfin demander, comme s'il considérait soudain Lisa comme la détentrice de tous les secrets de l'univers.

– Tu es toujours libre. Ce que tu viens de voir, c'est un de tes possibles. Décide de devenir boulanger et quelqu'un d'autre se chargera de la statue. Il y aura de toute façon sans doute un Christ sur le portail, mais un autre que toi peut le sculpter, même si je crois vraiment que ce serait dommage…

– Alors, dis-moi, puisque tu peux voir l'avenir, tu dois

savoir qui est celui qui commet ces meurtres en ville en ce moment ?

– Désolée, mais on ne peut voir que ce qui est important.

– Ah ! Parce que ce n'est pas important un crime, peut-être ?

– Non, tu ne comprends pas. Quand je dis important, je veux dire : ce qui grandit les hommes. Un crime ne grandit personne, ni celui qui le commet, ni celui qui meurt, ni même ceux qui s'en indignent ou s'en délectent !

L'après-midi devenait frais et Lisa avait frissonné. Amaury la contempla et il sentit que tout son être était attiré par elle ou, pour être plus précis, il lui semblait qu'il la comprenait, qu'il comprenait ses mots, qu'il comprenait ses regards, qu'il comprenait sa peau même, et tout son être, comme s'il se fût agi de lui-même. Il revint près d'elle et la releva. Elle le regardait avec candeur.

– Il fait un peu froid, non ? murmura-t-elle.

– Lisa, tu sembles si fragile… et si forte à la fois.

Lisa le regardait toujours et il sut que c'était un regard d'amour. Leurs bouches alors se joignirent en un long baiser.

Au même moment en ville, une voiture à chevaux se frayait un chemin au milieu des porcs, des enfants et des étals. Elle dut s'arrêter pour laisser passer un mendiant cul-de-jatte qui traversait la rue sur un petit chariot à roulettes. Le rideau de la voiture s'écarta, et une vieille femme se pencha à la fenêtre. La voiture poursuivit son chemin après que le mendiant eut traversé.

Elle fit halte un peu plus loin, devant la maison de l'évêque. Une femme d'une cinquantaine d'années, modestement vêtue, en descendit et alla frapper à la porte. On lui ouvrit et elle entra. À l'intérieur, un moine la pria d'attendre pendant qu'il allait chercher l'évêque. Elle demeura debout sans oser s'approcher du feu pour se réchauffer. Lorsque l'évêque en personne parut devant elle, elle vint au-devant de lui et s'inclina respectueusement. Le prélat semblait déçu mais donna néanmoins sa bague à baiser à la femme.

— On m'avait dit que la comtesse d'Orbais était là. J'ai dû mal comprendre, dit-il.

— Vous avez très bien compris, monseigneur. Dame d'Orbais attend dans la voiture.

— En ce cas, qu'elle entre vite, je serai ravi de la recevoir.

— Elle m'a envoyée en éclaireur car elle ne se déplace pas très facilement elle-même et, pour tout dire, nous aurions besoin de l'aide d'un de vos serviteurs, car dame d'Orbais est hélas devenue impotente.

— Impotente ? Et depuis quand donc ? La dernière fois que je l'ai vue à Clermont, elle portait à merveille ses soixante ans, et c'était… c'était il y a à peine cinq ans je crois…

— C'est qu'il est arrivé un malheur. Nous manquions d'argent depuis longtemps et le château n'était plus très bien gardé. Il y a trois ans de cela, nous avons été attaqués par une bande de brigands qui a emporté tous les bijoux et tout l'or de la famille ! Dame d'Orbais les tenait de sa mère et n'avait jamais voulu y toucher car elle pensait qu'un jour elle pourrait doter son neveu s'il songeait à prendre femme. Hélas, la pauvre a voulu s'interposer et l'un des brigands l'a repoussée violemment. Elle est tombée sur le bord de la cheminée et sa tête a heurté la pierre. Nous l'avons crue morte. Elle est revenue à elle heureusement mais, depuis, la moitié de son corps est restée paralysée.

– Mon Dieu ! Quel grand malheur ! Allons vite la chercher.

Il sonna énergiquement et un moine accourut.

– Va chercher frère Luc et prenez ce grand fauteuil. Venez vite avec moi !

Il sortit de la pièce à grands pas, suivi par la dame de compagnie de la comtesse.

On fit sortir la vieille dame de la voiture et on l'installa dans le fauteuil qui fut porté près du feu. L'évêque donna ensuite des ordres pour qu'on préparât quelque chose de chaud. Dame d'Orbais était agitée, et s'excusait constamment du dérangement qu'elle occasionnait. On vint annoncer l'arrivée du chanoine Clari et de Grégoire de Croy.

– Faites entrer !

L'évêque se tourna vers son hôtesse.

– J'espère que vous excuserez ce contretemps mais ces messieurs viennent me rendre compte de l'avancement de leur enquête. Nous vivons des événements terribles à Amiens en ce moment. Je suis sûr que leur récit vous intéressera.

– J'en suis certaine aussi, répondit-elle.

Puis, comme Clari et de Croy pénétraient dans la salle commune, l'évêque les enjoignit d'un geste à s'avancer.

– Approchez, messieurs ! Voici dame d'Orbais qui est une vieille connaissance.

Hugues de Croy fit une révérence et le chanoine inclina la tête.

– Le chanoine Clari et Grégoire de Croy, qui est l'un de nos échevins, ont été chargés de faire la clarté sur les troubles qui agitent notre ville en ce moment.

– J'en ai entendu parler en effet.

– Vraiment ? s'étonna l'évêque.

– Vous savez comme on colporte vite les nouvelles, surtout lorsqu'elles sont mauvaises ! J'ai fait halte à l'auberge de Breteuil en venant. Il y avait là un marchand qui se rendait à Paris et qui s'est taillé un beau succès en racontant avec moult détails les crimes et les disparitions qui affligent votre ville…

Elle eut les larmes aux yeux en disant cela, et sa dame de compagnie se précipita pour lui donner un mouchoir.

– Vous vous faites mal, ma dame.

La vieille femme se moucha et eut un petit sourire contraint. Grégoire de Croy et Clari se regardaient, perplexes.

– Ne vous en faites pas, ça va aller. Excusez-moi, messieurs. C'est que j'ai bien peur, voyez-vous, que la requête que j'aie à vous faire soit liée à ces malheurs, hélas…

– De quoi s'agit-il ? Parlez vite ! dit l'évêque.

– Voilà. J'élève mon neveu Nicolas depuis sa naissance, car sa mère est morte en couches, et son père, mon jeune frère, qui était parti pour les croisades, n'en est hélas jamais revenu. Nicolas est maintenant âgé de quinze ans et, depuis plusieurs années déjà, il fait de menus travaux pour subvenir à nos besoins. Il y a un mois, il m'a prévenue qu'il devait s'absenter quelque temps car il avait à faire à Amiens. Il disait qu'il serait de retour pour mon anniversaire, c'est-à-dire il y a huit jours de cela aujourd'hui. Ne l'ayant pas vu revenir, j'ai décidé de faire le voyage pour tenter de le retrouver. J'ai cru tout d'abord qu'il était allé rendre visite à sa cousine, Adèle Picquet, mais je viens d'apprendre qu'elle a disparu elle aussi… Je tiens à lui plus qu'à ma propre vie ! Il est tout ce qui me reste de ma famille.

Ses yeux s'emplirent à nouveau de larmes et elle se moucha plusieurs fois. L'évêque posa sa main sur son bras pour la réconforter.

– C'est vrai qu'un garçon de quinze ans qui se faisait appeler Nicolas est arrivé à Amiens il y a quelque temps, dit Clari. Il s'était fait embaucher sur le chantier cathédrale. Mais, hélas, il a disparu deux jours à peine après son arrivée et, depuis, nul ne l'a revu.

– Mon Dieu ! La cathédrale ?… J'ignorais son aptitude au métier de la pierre. Je sais qu'il a travaillé quelque temps chez un joaillier comme commis…

– Vous savez que le fait d'exercer un travail roturier

peut lui coûter son titre de noblesse ! intervint l'évêque. Vous auriez dû me l'amener, chère dame, nous en aurions fait un excellent prélat.

– Oh, j'y ai pensé ! Mais, voyez-vous, cela ne semblait guère le séduire. J'ai toujours espéré qu'il changerait d'avis.

À ce moment un moine entra avec du bouillon chaud. Il en donna un bol à dame d'Orbais qui but quelques gorgées brûlantes de ce breuvage et sembla y trouver un peu de réconfort. L'évêque s'était levé et marchait de long en large. Il prit soudain une décision.

– Écoutez, voici ce que nous allons faire. Je vais vous faire installer dans la maison voisine que je réserve à mes invités. Nous allons procéder à des recherches approfondies.

– C'est très aimable à vous, mais je ne veux pas abuser de votre hospitalité.

– Allons, allons, pas de cérémonie entre nous. Nous nous connaissons depuis suffisamment longtemps pour que ce ne soit pas nécessaire. Vous verrez que ces messieurs retrouveront vite la trace de votre Nicolas ! Frère Luc va vous montrer vos appartements. Je crois qu'après ce long voyage, un peu de repos vous fera le plus grand bien. J'ai l'habitude de souper juste après vêpres, et je serais heureux de partager mon repas avec vous. À présent, si vous le permettez, je vais terminer avec ces messieurs.

Grégoire de Croy intervint.

– Puis-je me permettre, dame d'Orbais, de vous poser une dernière question ?

Elle fit un geste de la main pour l'inviter à parler.

– Vous avez bien dit tout à l'heure que votre neveu avait travaillé comme commis chez un joaillier ?

– En effet. C'était à Paris, mais… il n'est resté là-bas que quelques mois.

– Je vous remercie, c'est tout ce que j'avais à vous demander.

Deux moines emmenèrent dame d'Orbais sur son fauteuil, tandis que Clari et Grégoire de Croy faisaient leur rapport à l'évêque.

On venait de sonner les vêpres et Amaury et Lisa avaient pris le chemin du retour. Se tenant par la main, ils escaladèrent un talus pour se retrouver sur un petit sentier ombragé. À quelques pas de là, le chemin se séparait en deux. Lisa voulut prendre celui de gauche, mais Amaury l'en retint.

– Non ! Pas par là ! C'est le chemin qui mène à la ladrerie.

– Tu as peur ?

– Peur ? Non. C'est ridicule, voyons. Mais il ne sert à rien de s'exposer inutilement. Nous ne pouvons rien faire pour eux.

Lisa en convint et se laissa guider par Amaury.

– Je suppose que tu as raison. D'ailleurs, si j'étais un bandit, c'est sûrement là que je me cacherais parce que je suis sûr que personne n'oserait venir m'y chercher.

Elle avait dit cela avec légèreté, en manière de plaisanterie, aussi fut-elle étonnée lorsque Amaury s'arrêta tout net de marcher et la contempla avec autant d'admiration que si elle venait d'inventer le moyen de s'élever dans les airs.

– Lisa ! C'est peut-être bien très judicieux ce que tu viens de dire là ! Nous allons passer par le chemin de la ladrerie.

Lisa le regarda en souriant et comprit aussitôt.

– Tu crois que quelqu'un s'y cache peut-être ? Quelqu'un de courageux alors…

– Ou quelqu'un qui veut échapper à un destin qu'il croit pire encore…

Ils firent demi-tour et pressèrent le pas pour arriver avant la nuit. Bientôt, ils furent en vue des bâtiments qui servaient de refuge aux lépreux des environs, et ils se mirent à couvert derrière les arbres pour pouvoir observer à leur guise. De là, ils pouvaient apercevoir, derrière la barrière blanche qui délimitait l'enclos, quelques malades qui s'étaient regroupés pour bavarder. D'autres étaient assis dans l'herbe et contemplaient le coucher du soleil. Ils portaient tous le costume noir brodé de deux mains de tissu blanc sur la poitrine qu'Amaury avait si souvent vu ces derniers jours. Tous, également, portaient leur capuchon rabattu afin de dissimuler leurs visages tuméfiés. Une frêle silhouette sortit du bâtiment et vint se mêler au groupe qui faisait face au soleil couchant. Elle demeura néanmoins debout, et se mit à fixer l'astre déclinant si intensément qu'elle porta bientôt sa main à son visage,

148

sans doute pour essuyer une larme d'éblouissement. Amaury et Lisa tressaillirent au même moment en apercevant sa main blanche, fine et délicate.

– Tu as vu sa main ! chuchota Lisa.

– Oui. Une main blanche, fine et… indemne de tout mal !

Il regarda Lisa qui de toute évidence pensait la même chose que lui et, d'un commun accord, ils quittèrent l'abri des arbres. En les voyant s'approcher, l'inquiétude se propagea parmi les lépreux qui se mirent aussitôt à chuchoter entre eux, hésitant sur l'attitude à adopter. L'un d'eux prit la parole :

– Éloignez-vous ! Nul homme sain ne doit s'approcher de ce lieu !

Lisa et Amaury continuaient cependant leur progression et les lépreux se resserrèrent en reculant comme pour parer à l'imminence d'un danger. La silhouette aux mains blanches profita de ce mouvement pour disparaître. Amaury et Lisa firent halte devant la barrière blanche.

– Nous venons justement chercher quelqu'un qui n'aurait jamais dû s'approcher de ce lieu ! C'est une jeune femme qui est arrivée il y a trois jours pour échapper aux projets que l'on concevait pour elle !

Mais le groupe se fit plus compact et nulle réponse ne vint en écho aux paroles d'Amaury. Le soleil commençait à disparaître derrière l'horizon et on y voyait de moins en moins distinctement. Amaury fit une autre tentative.

– Très bien, nous allons partir si tel est votre souhait.

Mais si vous voyez cette jeune fille, dites-lui que je connais quelqu'un qui l'aime sincèrement et se morfond pour elle, et dites-lui encore que lorsque le lieu en lequel elle s'est réfugiée sera connu, les projets que l'on formait pour elle pourraient bien être abandonnés, faute de prétendant...

– Qu'en sais-tu ? lui dit Lisa tout bas. Peut-être bien que Cressy l'aime tant qu'il serait prêt à courir le risque ?

– S'il l'aime à ce point, alors, tout s'arrangera, objecta Amaury, pas complètement convaincu.

À ce moment, la frêle silhouette déjà aperçue se détacha du groupe et vint à leur rencontre. Elle fit tomber son capuchon et le beau visage d'Adèle leur apparut dans les derniers feux du soleil.

– Si c'est Eustache dont tu dis qu'il m'aime sincèrement, je crois que je l'aime aussi. Mais il a fallu que je vienne ici pour m'en apercevoir. Vous n'imaginez pas ce qu'on peut apprendre auprès de ces êtres qui ont tout perdu.

Elle regarda les lépreux avec tendresse.

– Je vous remercie, mes amis. Jamais je n'oublierai votre accueil. Avant de venir ici, je vivais comme une petite fille capricieuse et égoïste. Vous m'avez appris l'humilité et... l'amour. Je saurai me souvenir de vous.

Adèle serra dans ses bras trois d'entre eux avec chaleur. Puis elle franchit la barrière et s'engagea sur le chemin. Le jeune sculpteur et sa compagne lui emboîtèrent le pas. Tous se retournèrent une dernière fois pour voir les silhouettes noires agiter leur bras en signe d'adieu dans la nuit… Amaury serra très fort la main de Lisa et, lorsqu'il rencontra ses yeux, il vit que, comme les siens, ils étaient humides d'émotion.

Le chanoine Clari les fit entrer en montrant à leur égard une réserve d'autant plus grande que s'y mêlait la peur d'une possible contamination. Il eut le réflexe de prendre Adèle par le bras pour l'amener près du feu comme il seyait à une jeune fille que l'on est heureux de retrouver, mais il s'en retint au dernier moment.

– Approchez-vous du feu, ma chère enfant ! dit-il finalement en montrant la cheminée d'un geste vague. Ainsi donc, vous voilà retrouvée ! C'est un grand soulagement pour nous tous, même si je trouve votre conduite bien inconséquente. Confirmez-vous les dires de ce jeune homme ? Est-ce que pendant tout ce temps où l'on vous cherchait, vous êtes demeurée à la maladrerie ?

– Oui. C'est vrai, répondit Adèle.

– Vous auriez pu être mieux inspirée ! Il va falloir vous mettre en quarantaine et puis… je ne sais pas ce que votre fiancé en dira.

À ces mots, le visage de la jeune fille changea complètement d'expression. Elle passa à l'offensive.

– Si, comme je le suppose, vous faites allusion à Hugues de Cressy, je vais vous rassurer tout à fait. Je ne le considère nullement comme mon fiancé. En conséquence, il peut penser ce qu'il voudra, c'est le cadet de mes soucis.

Le chanoine Clari, qui ne s'attendait pas à cette rébellion, se trouva à court d'arguments devant l'attitude belliqueuse de la jeune fille qu'il avait imaginée plutôt repentante, ou malheureuse.

– Ah ? Vraiment ? fut tout ce qu'il dit.

Et il lui fallut trouver un exutoire à la colère qu'Adèle avait fait naître en lui. Amaury et Lisa étaient les cibles toutes trouvées. Il décida que le plus urgent était de se débarrasser d'eux. Il s'approcha des deux jeunes gens avec une physionomie peu amène.

– Eh bien, je ne vois aucune raison de vous attarder davantage. Votre contribution sera appréciée à sa juste valeur.

Il regardait Lisa d'un œil inquisiteur et mauvais.

– Cette… demoiselle ferait bien de rentrer chez elle avant le couvre-feu.

Puis, se tournant vers Amaury, il ajouta :

– Accompagnez-la, mon garçon. Les rues ne sont pas sûres à la nuit tombée et il vaut mieux éviter un autre drame.

Amaury s'inclina tandis que Lisa adressait un sourire désarmant à l'adresse du chanoine. Gêné, celui-ci finit par détourner son regard. Il sonna et un jeune chanoine accourut promptement. Les jeunes gens n'eurent plus qu'à sortir, après avoir salué Adèle d'un geste furtif et lointain. Elle leur sourit néanmoins, les assurant de cette façon qu'elle était tout à fait heureuse de son sort.

Un peu plus tard dans la soirée, Grégoire de Croy rejoignit le chanoine Clari avec les parents d'Adèle. Adèle se tenait debout, droite et hautaine, près de la cheminée. Gaultier Picquet vint se planter devant elle, en prenant soin toutefois de se tenir à bonne distance, et lui adressa un petit salut ridicule de la tête. Françoise Picquet, elle, ouvrit largement ses bras à sa fille et s'apprêtait à la serrer tendrement lorsque son époux l'en retint d'une poigne si énergique qu'il lui arracha un gémissement.

– Soyez prudente, voyons, chère amie ! On ne sait jamais ! Elle semble saine, c'est entendu, mais… enfin je veux dire…

– Il ne manquerait plus que je sois lépreuse, n'est-ce pas ? Mais dites-le donc, mon cher père !

Le chanoine Clari esquissait des gestes pacificateurs qui avortaient chaque fois qu'ils étaient sur le point de rencontrer Adèle.

– Du calme, du calme. Nous allons trouver un terrain d'entente, j'en suis sûr, dit-il. À cet effet, il me semble que, pour cette quarantaine, il serait bon que votre fille loge en un lieu tout à fait neutre. Aussi ai-je songé au couvent des clarisses.

Il se tourna alors vers Adèle.

– Vous y serez en paix, mon enfant, et à l'abri des turbulences de toutes sortes.

Adèle parut satisfaite par cette perspective et un pâle sourire affleura sur son visage.

– C'est parfait, répondit-elle en ignorant résolument ses parents.

Gaultier Picquet, cependant, se frottait les mains avec embarras, ne sachant comment tourner ce qu'il voulait dire à sa fille. Profitant du silence qui s'offrait à lui, il se lança précipitamment et sans plus de précaution.

— Et que dirai-je à M. de Cressy qui ne manquera pas de venir s'enquérir de toi aussitôt qu'il te saura retrouvée ?

— Dites-lui que je suis peut-être contagieuse, je suis certaine que cela calmera son ardeur ! répondit Adèle avec insolence.

Gaultier Picquet demeura bouche bée un instant avant de se ressaisir, car il ne s'habituait pas à la violence de sa fille.

— Tout… tout de même ! Tu ne te rends pas… pas compte ! balbutia-t-il. Une promesse est une promesse !

— Moi, je n'ai rien promis du tout, sinon d'être fidèle à Dieu, et à moi-même.

Le chanoine Clari prit Gaultier Picquet en pitié. Et, surtout, se considérant comme le plus diplomate, il tenait à être l'unique porte-parole auprès de son protégé. Il posa sa main sur le bras du marchand.

— Je me charge de parler moi-même à Hugues de Cressy. J'irai le voir dès demain matin pour lui annoncer la nouvelle. Et, à présent, je m'en vais sans plus tarder accompagner votre fille à sa résidence provisoire… à moins que vous n'ayez encore quelque chose à lui dire ?

Gaultier Picquet fit signe que non, de la tête, tandis que sa femme étouffait un dernier sanglot dans son mouchoir de dentelle. Adèle quitta la pièce, hautaine, sans un regard pour ses parents.

À la fenêtre du premier étage de la maison voisine, l'ombre de dame d'Orbais apparut dans l'embrasure au moment où Adèle montait dans la voiture à la lumière des flambeaux. Cette vision lui apporta un peu de réconfort. Si l'on avait retrouvé la jeune fille, pensa-t-elle, peut-être retrouverait-on bientôt aussi son neveu.

Le lendemain matin, le chanoine Clari fit comme il l'avait dit et, dès les premières lueurs du jour, il se rendit chez Hugues de Cressy. Celui-ci, qui avait mal dormi, était déjà levé et tout habillé. Il invita le chanoine à s'asseoir près de la cheminée où une femme corpulente attisait le feu. Hugues de Cressy lui fit signe de partir et elle s'exécuta sur-le-champ. Le chanoine Clari hésitait encore sur la façon dont il annoncerait la nouvelle et gardait le silence.

– Eh bien, finit par demander Hugues, qu'est-ce qui vous amène de si bonne heure ?

Le chanoine se racla la gorge, et annonça d'une voix si rauque que son interlocuteur dut se pencher pour comprendre :

– J'ai une bonne nouvelle.

– Ah ! Par exemple ! Je suis sûr que jamais homme n'a eu pareille figure en apportant une bonne nouvelle ! De toute façon, vous devez maintenant savoir que la seule bonne nouvelle pour moi serait qu'on ait retrouvé Adèle et qu'elle soit saine et sauve.

Le chanoine, à ces mots, se sentit rasséréné et continua avec empressement par un :

– Justement !

Suivi aussitôt d'un plus embarrassé :

– Justement…

Hugues de Cressy, qui n'était pas d'un naturel patient, et dont les nerfs avaient été beaucoup éprouvés ces derniers temps, bondit sur ses pieds en proie à une vive agitation.

– Comment ? rugit-il. Vous voulez dire qu'on a retrouvé Adèle et nous sommes là, assis tranquillement à jouer aux devinettes !

– Calmez-vous, je vous en prie ! Oui, on a retrouvé Adèle, c'est une chose certaine…

– Saine et sauve ?

– Eh bien voilà, justement, elle est sauve oui, mais… saine, on n'en est pas sûr. Il va falloir attendre pour se prononcer…

Hugues de Cressy, à présent, trépignait.

– Mais que voulez-vous dire à la fin ? Qu'est-ce qu'il lui est arrivé ? Parlez, grands dieux ! Vous voyez bien que vous me mettez au supplice !

– Eh bien voilà. On l'a retrouvée là où elle se cachait, de son plein gré depuis trois jours, à la maladrerie.

– À la…

Hugues de Cressy prit cette révélation de plein fouet et se laissa retomber sur son fauteuil, abasourdi.

– Bien entendu, il est tout à fait possible qu'elle soit indemne de tout mal, mais nous ne pourrons pas nous prononcer avant un moment et… il serait prudent que personne ne soit en contact avec elle pendant cette période d'incertitude.

Hugues de Cressy était tellement choqué par ce qu'il venait d'entendre qu'il demeura quelques instants prostré. Le chanoine, un peu embarrassé, se leva.

– Hum ! Dois-je lui faire porter un message de votre part ?

– Comment ? Oh ! Et où… où demeurera-t-elle ?

– Au couvent des sœurs clarisses.

– Vous a-t-elle prié d'un message pour moi ? demanda encore Hugues, plein d'espoir.

Le chanoine, gêné, toussota encore.

– Hum… non. Vous comprenez, la jeune fille est très… bouleversée par l'expérience qu'elle vient de vivre. Et son père, par sa brusquerie, a achevé de la murer dans le silence. Je pense que quelques jours dans le calme du couvent…

– Je vois, trancha Hugues de Cressy qui avait compris à demi-mot. Eh bien dites-lui… Non, ne lui dites rien. Je dois réfléchir.

– Je comprends. Permettez-moi en ce cas de prendre congé.

Hugues de Cressy se leva pour le saluer.

– Excusez-moi de ne pas vous raccompagner. Je suis bouleversé.

– Vous êtes tout excusé.

Après qu'il fut sorti, Hugues demeura immobile, le regard perdu dans les flammes du foyer.

Le soir du même jour, Amaury donnait trois petits coups de ciseau dans la pierre pour affiner le regard du Christ qui était presque achevé. Puis il prit un chiffon, et épousseta amoureusement son œuvre. Il jeta un coup d'œil à son modèle qui n'avait pas bougé d'un cil, et soupira avec langueur.

— L'enquête n'avance pas ! dit Amaury avec humeur. Et tu es là, tranquille. On dirait que rien ne t'émeut. Tu me dis que tu cherches Nicolas qui pourrait t'aider à résoudre l'énigme. Mais pourquoi veux-tu résoudre l'énigme ? Et pourquoi cherches-tu Nicolas ?

— C'est mon fils.

Amaury, surpris, laissa tomber son ciseau. Mais Baldr avait dit ça si calmement que le sculpteur se demanda aussitôt s'il avait bien entendu.

— Oui, reprit Baldr qui semblait toujours deviner sa pensée. Nicolas est mon fils, mais il me croit mort. Mon nom véritable est Laurent d'Orbais. La comtesse d'Orbais est ma sœur. Lorsque je suis parti aux croisades, il y a seize années de cela, j'ignorais que sa mère était enceinte. Quand je suis arrivé en Terre sainte, j'ai tout de suite compris que nous avions beaucoup à apprendre des Arabes. J'ai renoncé à les combattre et à les convertir. Mais je suis resté là-bas, avide de connaître tout ce qu'il était possible de connaître. La soif d'apprendre peut aussi devenir une passion. Ce fut mon cas. Lorsque je suis rentré en France, il y a six mois, j'ai appris, en interrogeant des paysans, l'existence de mon fils en même temps que la mort de sa mère, et l'infortune qui avait frappé ma sœur. Puis j'ai su que Nicolas s'était imprudemment lancé sur la piste des dangereux malfaiteurs pour venger sa tante. Je me suis donc juré de faire moi-même la lumière sur ces événements.

C'était la première fois que Baldr parlait aussi longuement. Lorsqu'il se tut enfin, Amaury, les yeux écarquillés, s'ébroua comme au sortir d'un songe, et ramassa son ciseau.

– Ça alors ! dit-il. Mais la comtesse d'Orbais est en ville en ce moment. Ne devrais-tu pas te faire connaître ?

– Non. Je dois agir dans l'ombre avant de leur faire savoir que je suis vivant. Je ne suis d'ailleurs pas certain qu'ils aient envie de me revoir…

– Moi je suis sûr que Nicolas en sera très heureux ! protesta Amaury. Mais je garderai ton secret, et je serai ton allié le plus précieux !

– Je t'en remercie, Amaury, et j'apprécie ton offre à sa juste valeur.

Amaury réfléchit un instant et soudain son visage s'empourpra.

– Hum… je pense qu'il me faudra t'appeler monsieur le comte à présent.

Cette remarque eut pour effet immédiat de plonger le mage dans l'hilarité.

– Surtout pas, répondit-il en reprenant sa respiration. J'ai moi-même longuement réfléchi avant de choisir ce nom de Baldr. Un vieux Danois qui avait choisi de vivre à Jérusalem m'avait baptisé ainsi parce qu'il me trouvait impressionnant. Ce mot signifie « chêne » en danois et je crois que je l'aime beaucoup.

– Comme tu voudras. De toute façon, je suis heureux

de te connaître et j'espère que nous résoudrons vite cette énigme ! Et peut-être pourras-tu m'enseigner un peu de ta sagesse ? dit Amaury, plein d'espoir, avant de secouer la tête d'un air sombre. J'aimerais tant qu'elle guide mon cœur quand je suis auprès de Lisa…

— Tu ne sais toujours pas si elle est bonne ou mauvaise pour toi ?

— Oh ! Je crois qu'elle est bonne ! Je… je l'espère de toutes mes forces ! Mais… les gens sont si méchants… Que diront-ils ? Et mon père ?

— Les gens ne sont pas méchants. Ils sont simplement comme toi : ils ont peur. Peur de souffrir. Ils se retiennent. Ils passent leur temps à se retenir, pour ne pas souffrir. Mais la souffrance est évitable, puisque c'est toi qui la crées.

— Moi ? !!!

— Oui, toi. À chaque instant, tu as le choix de créer du bonheur ou du malheur.

— Non, je ne te crois pas. C'est l'affaire de Dieu.

— Justement ! Sais-tu bien que dans ce livre, dit Baldr en montrant la Bible qu'il tenait à la main, il a été écrit, il y a des milliers d'années, que Dieu avait fait l'homme à son image ? Et si Dieu a fait l'homme à son image, alors…

— Alors ?…

— L'homme doit être investi des mêmes pouvoirs que lui.

— Comme tu y vas ! C'est un peu difficile à avaler, tu ne crois pas ? objecta Amaury, à la fois bouleversé et incrédule. Est-ce là ce que tu as appris en Orient ?

— En Orient, oui. Et quel était le message de celui

dont tu es en train de sculpter l'effigie ? Ne s'est-il pas tué à nous enseigner que nous étions TOUS fils de Dieu ! Nous sommes responsables de tout ce qui arrive, Amaury.

– Je... je ne sais pas... tout ça est bien difficile à admettre.

Le mage se leva et rabattit le capuchon sur son visage.

– C'est vrai. Mais il ne t'est pas demandé de tout assimiler d'un seul coup.

Le mage se retourna au moment où il allait franchir la porte.

– Il faut que tu retournes chez l'alchimiste. Toi seul le peux, avec un laissez-passer de Grégoire de Croy. Je compte sur toi, c'est urgent. Je te guiderai.

– Comment ?

– Laisse-toi faire.

Et il se glissa dehors, aussi vite et aussi silencieusement qu'aurait pu le faire un chat.

Le lendemain, l'évêque avait décidé de faire visiter la ville à dame d'Orbais pour la détourner de ses idées sombres. Il cheminait à pas lents au côté de la vieille femme infirme qui était assise dans un fauteuil porté par deux jeunes moines. Ils débouchèrent d'une ruelle populeuse qui donnait sur la place de la cathédrale. La rue était très animée, comme à l'accoutumée, par les ouvriers du chantier, les marchands, les barbiers, et les

161

animaux qui se promenaient en liberté. Tous ceux qu'ils croisaient s'inclinaient devant l'évêque en faisant un petit signe de croix hâtif et la plupart jetaient un œil curieux à la comtesse. L'évêque fit halte et commenta l'ouvrage avec une fierté qu'il n'essayait pas même de dissimuler.

– Et voilà, chère amie, notre cathédrale ! Le joyau de la Picardie et, peut-être même, de la France ! Nous en sommes tous fiers car c'est un des plus

beaux hommages à notre Seigneur que la terre ait porté ! Savez-vous que la voûte ne s'élève pas à moins de cent quarante et un pieds !

Dame d'Orbais secoua la tête avec indulgence pour l'enthousiasme enfantin de son vieil ami. L'évêque, qui était intarissable sur le sujet, n'en attendait pas davantage pour continuer.

– Sa longueur totale est de quatre cent quarante-cinq pieds ! Nous avons fait venir la pierre tout spécialement des meilleures carrières de Doméliers, Beaumetz et Fontaine-Bonneleau. Notre maître d'œuvre actuel se nomme Thomas de Cormont et son jeune fils, Renault, l'a assisté dès son plus jeune âge. Ainsi, l'unité de l'ensemble est assurée.

Tandis que l'évêque continuait de parler, le regard de la vieille femme se mit à vagabonder de la façade de la cathédrale à la foule qui s'activait tout autour. Elle contempla longuement ce petit peuple industrieux, espérant peut-être que le hasard lui permettrait d'apercevoir son neveu. Soudain, son attention fut attirée par un homme, vêtu de vert, qui était en train de marchander un colifichet à un marchand ambulant installé à l'angle de l'édifice. Il obtint apparemment satisfaction car il mit l'objet dans sa poche. Il traversa alors la rue afin de se diriger vers une ruelle qui faisait face à l'édifice, ce qui permit à dame d'Orbais de l'observer attentivement.

Lorsqu'il passa près d'elle et qu'il la vit, ses yeux s'agrandirent d'une stupéfaction non feinte qui se mua bientôt en terreur. Dame d'Orbais, quant à elle, regardait Jacques, car c'était lui, comme une apparition. L'évêque venait de héler Maître Jean qui passait par là pour lui poser quelques questions, et la vieille femme en profita pour tirer un des jeunes moines par la manche.

– Dites-moi, mon garçon, connaissez-vous cet homme en habit vert qui s'en va par là ?

Les deux petits moines regardèrent dans la direction indiquée avec leur main en visière. Jacques marchait de plus en plus vite, regardant par-dessus son épaule comme s'il avait le feu aux trousses. Cela permit au jeune moine de le reconnaître.

– C'est le serviteur de M. de Cressy. Il se nomme Jacques, je crois.

– Hum… et y a-t-il longtemps que vous le connaissez ? s'enquit la comtesse.

Le jeune moine parut blessé par ces paroles.

– Oh, dame d'Orbais ! Je ne le connais pas ! Je l'ai vu, c'est tout ! Il se trouve qu'il est à Amiens depuis environ six mois, tout comme son maître, M. de Cressy.

À ce moment, l'évêque vint la rejoindre en s'excusant et fit signe aux jeunes moines de charger à nouveau le fauteuil de dame d'Orbais.

– Je vous emmène à l'intérieur, ma chère, vous allez voir nos jeunes sculpteurs à l'œuvre. Ensuite, nous irons nous réchauffer d'une bonne oie rôtie à l'évêché.

Les deux jeunes moines salivèrent à cette évocation tandis qu'ils pénétraient sous le porche.

Hugues de Cressy était seul devant l'âtre ce soir-là. Il tournait en rond à grands pas, les mains derrière le dos. Il finit par se laisser tomber dans un fauteuil, accablé par le désespoir. Le bruit d'une porte qu'on claque le détourna de ses pensées. Il se dirigea vers la fenêtre et écarta la tapisserie. La nuit était déjà épaisse, mais une lanterne éclairait le porche et il put apercevoir une ombre, vêtue d'un long manteau, qui se faufilait dans la nuit. Hugues fronça les sourcils et, après un bref instant de réflexion, bondit hors de la pièce. Il pénétra dans sa chambre en coup de vent et, d'un pas énergique, alla droit au coffre qui se trouvait contre le lit. Il en sortit promptement un coffret d'étain ciselé et comprit tout de suite que la serrure en avait été forcée. Un bref coup d'œil à l'intérieur du coffret lui confirma qu'il était vide.

Dans la cuisine, il bouscula violemment la cuisinière qui était en train d'en sortir, une chandelle à la main. Elle poussa un cri de surprise en se retenant au chambranle. Il prit la peine de la remettre d'aplomb avant de l'interroger.

– Où est Jacques ?

– Il est sorti, monsieur, répondit-elle en regardant avec consternation la chandelle qui avait coulé sur son tablier.

– A-t-il dit où il allait ?

– Ça serait bien la première fois ! D'ailleurs, je préfère ne pas le savoir !

Hugues de Cressy se dirigea ensuite vers l'écurie. La cuisinière revint à des sentiments plus amènes.

– Vous n'allez pas sortir à cette heure, monsieur ? C'est bientôt le couvre-feu !

Elle le suivit et continua de lui parler depuis le seuil de l'écurie, tandis qu'il préparait son cheval à la hâte.

– Je vous ai laissé de la soupe dans la cuisine. Vous devriez en manger un peu. Ça ne rime à rien de sortir comme ça sans rien dans le ventre depuis deux jours ! Et tout ça à cause d'une donzelle ! Bah ! Il y en a bien cinquante autres qui pourraient vous rendre heureux, et sans faire de complications…

Elle disait ce qui lui passait par la tête pour tenter de réconforter son maître, mais Hugues de Cressy ne l'écoutait pas. Il ouvrit la porte et fit sortir le cheval, puis il l'enfourcha.

– Ferme derrière moi ! Je ne serai pas long !

Son cheval avait déjà fait quelques pas dans la ruelle quand la femme cria à son intention :

– Monsieur, à présent que j'y repense… il avait un drôle d'air le Jacques quand il est parti. Je veux dire, encore plus drôle que d'habitude !

Elle ne sut jamais si son maître l'avait entendue, car il avait déjà disparu dans la nuit. Lentement, elle referma la porte en haussant les épaules.

Hugues avait lancé son cheval au galop mais, à l'intersection de deux ruelles, il tira brusquement sur le mors de la bête qui se cabra. On entendait clairement les pas précipités d'une patrouille qui se rapprochait. En un instant, Hugues mit pied à terre et lança son cheval au trot tandis qu'il se tapissait dans l'ombre du mur pour laisser passer le groupe d'hommes armés. Lorsqu'ils se furent suffisamment éloignés, il remonta la rue en sens inverse.

Il arriva devant la maison de l'apothicaire dont la porte était entrebâillée. Il s'approcha doucement et jeta un coup d'œil à l'intérieur. Un corps inanimé était étendu juste derrière la porte. Il poussa fortement pour dégager l'ouverture et pénétra dans la boutique. Le cadavre était celui d'une sentinelle dont la gorge avait été tranchée net. La lune éclairait la partie de la boutique qui se trouvait dans le prolongement de la porte entrebâillée. Hugues de Cressy en profita pour prendre une lampe à huile sur l'établi. Il entendit alors un petit bruit sourd et lointain, qui semblait provenir des profondeurs de la terre. Il descendit avec précaution l'escalier qui menait au laboratoire de l'alchimiste. Comme tout demeurait calme, il traversa rapidement le laboratoire et découvrit, devant la porte qui donnait dans le souterrain, une autre sentinelle à la gorge tranchée. Le bruit d'une course précipitée retentissait au loin. Il s'engouffra en courant dans le boyau souterrain. Après une centaine de mètres parcourus dans un étroit couloir de pierre, il déboucha dans une allée plus large au bout de laquelle il aperçut une petite flamme tremblotante qui était ballottée de droite et de gauche par la course de son porteur. Hugues de Cressy se mit lui aussi à courir à très grandes enjambées.

À l'autre bout de l'allée, Jacques comprit qu'il était sur le point d'être rattrapé et jeta un coup d'œil par-dessus son épaule sans cesser de courir. Mais son maître était déjà si près de lui qu'il prit peur et trébucha. Ce fut Hugues de Cressy qui le remit sur pied en l'attrapant par le col. Il le plaqua rageusement contre le mur, son poignard sur la gorge. Jacques se mit à gémir.

– Tu as trahi, Jacques, et tu dois le payer !

– Non ! Pitié !

Mais il repoussa Jacques violemment contre le mur et dégaina son épée.

– Tu vas mourir comme un gentilhomme, Jacques ! Crois-tu que tu le mérites ?

Et il transperça son domestique de la pointe de son épée aussi sûrement que celui-ci avait occis les deux sentinelles. Au même moment on entendit au loin des bruits de voix et de pas précipités. Hugues de Cressy fouillait Jacques qui, avant de mourir tout à fait, réussit à prononcer encore quelques mots faiblement.

– Dame d'Orbais m'a… reconnu. Elle est… en ville.

– Dame d'Orbais ? répéta Hugues sans comprendre.

Jacques rendit le dernier soupir. Hugues de Cressy venait de découvrir, dissimulé dans sa chemise, un sac de cuir plat qu'il rangea prestement dans son surcot. Mais quelque chose s'en était échappé et tomba sur la terre battue au moment précis où la patrouille arrivait. Le chef, qui avait une vue perçante, ramassa vivement l'objet, tandis que deux archers pointaient leur arc bandé sur Hugues. Dans la paume ouverte de l'homme d'armes, le petit objet qu'il venait de ramasser sur la terre battue rutilait de mille feux à la lueur des torches. C'était un des deux pendants d'oreilles qui étaient destinés à Adèle. Hugues de Cressy rageait de se voir ainsi mis en joue par les deux archers comme un malfaiteur.

– C'est à moi ! Cet homme est mon serviteur. Il s'enfuyait après m'avoir volé ! Mon nom est Hugues de Cressy !

– Moi, je suis chargé de faire régner l'ordre après le

couvre-feu et vous ne devriez pas être dehors à cette heure sans autorisation…

— Je vous prie de m'amener chez Grégoire de Croy immédiatement !

Le chef de la patrouille le dévisagea d'un œil soupçonneux, puis esquissa le geste de lui rendre le pendant d'oreille mais, alors qu'Hugues de Cressy tendait déjà la main, il se ravisa brusquement et fit signe à ses hommes.

— Allons, en route ! On emmène tout le monde : le mort et le vivant !

Puis, voyant que les deux archers bousculaient Hugues de Cressy, il crut bon de ménager sa carrière en faisant preuve de diplomatie.

— Doucement avec le vivant ! Il connaît sans doute M. de Croy, et je ne veux pas d'ennuis !

Deux hommes ramassèrent le cadavre de Jacques et tous se mirent en marche.

Grégoire de Croy écouta patiemment le récit du chef de patrouille. Celui-ci conclut en déposant le pendant d'oreille dans la main de l'échevin. Hugues de Cressy, qui se tenait debout à côté du chef de patrouille, n'avait pas dit un mot jusqu'à ce qu'il ait terminé. À ce moment, il fit un pas.

— Ma version des faits vous intéresse-t-elle ? demanda-t-il d'un ton acerbe.

— Je vous écoute, monsieur, répondit Grégoire de Croy.

Il se tourna vers le chef de patrouille et ses hommes.

– Je vous remercie de votre collaboration, Rémi. Vous pouvez aller maintenant.

Pendant que la troupe sortait, il alla poser le pendant d'oreille sur la crédence. Il invita ensuite Hugues de Cressy à prendre place à son côté devant la cheminée afin que ce dernier lui fît son récit des événements plus commodément.

– Je n'avais jamais eu aucune raison de me méfier de ce garçon auparavant mais, ces derniers temps, il était devenu bizarre. Il s'est absenté plusieurs fois sans m'en avertir et il devenait insolent. Je me demande s'il n'avait pas de mauvaises fréquentations. Hier soir, il a menacé de me quitter si je n'augmentais pas ses gages. Je lui ai dit que je ne voulais plus en entendre parler. Quand je l'ai entendu sortir cette nuit après le couvre-feu, j'ai eu comme un pressentiment et je suis allé immédiatement vérifier le contenu du coffre où je conserve quelques joyaux. Il était vide. C'est ainsi que je me suis lancé à sa poursuite et que je l'ai retrouvé au lieu que vous savez. Il avait évidemment les pierres sur lui.

Ce disant, Hugues sortit le sac en cuir de son vêtement, et l'agita sous le nez de l'échevin. Celui-ci demeura un instant silencieux.

– Était-il nécessaire de le tuer ?

– Et quel châtiment réservez-vous donc aux voleurs ? Et aux assassins ! N'oubliez pas qu'il a tué deux soldats ! Pour ma part, je considère qu'il n'a eu que ce qu'il méritait !

– Sans doute, mais il n'est jamais bon d'agir sous le coup de la colère. La justice aurait pu trancher.

– Certes, j'en conviens.

Grégoire de Croy se leva pour prendre sur la crédence une bouteille remplie d'un liquide rouge sombre qu'il versa dans deux coupes d'étain. Le regard d'Hugues de Cressy s'attarda sur le pendant d'oreille qui scintillait auprès des coupes. L'échevin s'en aperçut et revint vers lui avec les coupes pleines et le bijou qu'il remit à son propriétaire.

– Cela est à vous, il me semble. J'espère que vous avez récupéré l'autre ?

– Il est dans la bourse de cuir en effet, je vous remercie, répondit Hugues en rangeant le pendant d'oreille dans le sac.

– De toute façon, Jacques serait mort tôt ou tard… dit l'échevin en élevant la coupe vers son interlocuteur comme s'il lui portait un toast.

Hugues de Cressy, qui ne comprenait pas, fronça les sourcils d'un air perplexe en levant à son tour, distraitement, sa coupe. Mais Grégoire de Croy ménageait son effet, et prit le temps de savourer une gorgée de vin épais et sombre, avant de satisfaire la curiosité de son hôte. Lorsqu'il reprit enfin la parole, son interlocuteur était suspendu à ses lèvres, bien qu'il s'efforçât de n'en rien laisser paraître.

– Dame d'Orbais, qui est en ville depuis deux jours, a formellement reconnu Jacques comme étant l'un des hommes qui l'ont agressée il y a trois ans. Elle affirme que c'est lui-même qui l'avait écartée violemment alors qu'elle essayait courageusement de s'interposer, provoquant ainsi la chute qui l'a rendue infirme…

Hugues de Cressy parut atterré par cette nouvelle.

– C'est affreux ! furent les seuls mots qui lui vinrent à l'esprit.

Mais Grégoire de Croy voulait en savoir davantage.

– Pouvez-vous me dire quand Jacques est entré à votre service, et dans quelles circonstances ?

Hugues de Cressy but une grande gorgée de vin avant de se mettre à parler lentement.

– C'était il y a deux ans à peu près, je crois. J'avais dû faire halte dans une auberge près de Saint-Omer car mon vieux serviteur s'était trouvé mal sur la route. Ce n'était pas la première fois, il avait le cœur fragile. Hélas, il est mort en quelques heures. J'en ai éprouvé beaucoup de tristesse parce que c'était un serviteur exemplaire et je désespérais de trouver jamais son pareil. Or, il y avait dans cette auberge un garçon qui s'était occupé de mon cheval, c'était Jacques. Je l'ai trouvé habile, et il comprenait vite. Je l'ai emmené avec moi et je l'ai gardé. Voilà ! C'est aussi stupide que ça ! Il est vrai qu'il s'est toujours montré dévoué et efficace. Jusqu'à ces derniers temps, comme je vous l'ai déjà dit tout à l'heure.

Grégoire de Croy se leva et alla remplir son verre. Il s'apprêtait à en faire autant avec celui d'Hugues de Cressy qui déclina l'offre d'un geste.

– Finalement, ce n'était pas l'apothicaire qui avait pris les pendants d'oreilles, dit l'échevin en se rasseyant.

– Comment ? Oh ! En effet…

Grégoire de Croy but une gorgée de vin en scrutant le visage d'Hugues. Celui-ci soutint son regard sans ciller. À ce moment, on frappa à la porte et un serviteur entra.

– Le chanoine Clari est arrivé, monsieur.

– Faites entrer.

Le serviteur disparut et Grégoire de Croy se leva pour accueillir son visiteur, bientôt imité par Cressy.

– Et maintenant, nous allons informer l'Église des derniers événements. Mon cher, il me semble que depuis quelque temps, je passe plus de nuits debout que couché ! Heureusement que Dieu nous a donné cet hypocras qui est bourré d'énergie ! ajouta-t-il en levant son verre.

Le chanoine Clari entra, l'air mal réveillé et bougon.

– Entrez, cher ami, entrez et prenez place.

Le domestique approcha un siège, et ils se rassirent tous trois.

Le lendemain, Eustache, son luth en bandoulière, frappait à la porte du couvent. Une religieuse vint ouvrir le regard et parlementa avec lui, puis elle referma. Pendant ce temps Eustache observait la façade, essayant de deviner quelle fenêtre pouvait bien abriter la retraite d'Adèle. Quelques instants plus tard, la religieuse revint, accompagnée de la mère supérieure, et la porte s'ouvrit en grand cette fois. La mère supérieure du couvent était une femme d'une soixantaine d'années, réputée pour sa grande bonté et son énergie à toute épreuve. La lèpre n'était pour elle, qui avait l'habitude d'aller visiter les malades, qu'une maladie comme les autres. Elle essaya néanmoins d'éprouver Eustache en le dissuadant.

– Est-ce bien prudent, mon garçon, ce que vous nous demandez là ?

Mais Eustache était résolu. Tant de nuits passées dans l'angoisse l'avaient fortifié dans son amour, et il eût fallu lui mettre les fers aux pieds pour l'empêcher de rejoindre Adèle.

– Ma mère, je désire la voir ! Elle me manque trop ! Même si la mort est au bout, que m'importe !

La mère supérieure reconnut les marques d'une affection sincère et ne fit plus qu'une objection d'usage.

– Vous ne pourrez pas rester seul avec elle. Une religieuse assistera à votre entretien.

La jeune clarisse monta devant Eustache l'escalier de pierre qui menait aux étages. La chambre d'Adèle était au premier et Eustache sentit son cœur qui s'emballait à la pensée de revoir sa bien-aimée. La religieuse pénétra la première dans la chambre. Adèle tournait le dos à la porte, absorbée dans la contemplation du feu.

– Mademoiselle, vous avez de la visite.

Adèle se retourna vivement, prête à refouler l'intrus mais, lorsqu'elle vit Eustache, son visage s'éclaira d'un large sourire et elle vint à sa rencontre, les bras tendus.

Soudain, elle prit conscience de la situation et demeura ainsi, immobilisée dans son élan, les bras ballants.

– Oh ! Eustache ! Je suis si contente de te voir ! Mais je ne peux t'étreindre comme autrefois car on craint que je ne sois contagieuse moi aussi.

La religieuse, qui avait refermé la porte, alla s'asseoir sur un coffre dans l'angle de la pièce, et ouvrit un livre. Eustache prit dans ses bras la jeune fille qui, inquiète, se raidit. La jeune clarisse n'osait intervenir et se contentait pour l'instant de toussoter.

– Eustache ! Je t'en prie…

Mais le trouvère resserra son étreinte et elle s'abandonna. La religieuse, ne sachant quelle attitude adopter, prit finalement le parti de regarder ses genoux. Adèle était troublée, car elle se rendait bien compte que l'étreinte de son compagnon ne ressemblait en rien à celles dont il la gratifiait avant sa fugue. Elle sentait son désir et s'épouvantait de le ressentir aussi.

– Il ne faut pas, Eustache, je suis peut-être malade…

– Oui ? Et crois-tu que je te laisserai être malade toute seule ? Regarde-moi.

Adèle osa le regarder dans les yeux et comprit aussitôt qu'Eustache le badin, le farceur, le compagnon d'enfance, le confident de ses peines, était devenu un autre, à la fois différent et familier. Et elle s'étonna d'entendre dans sa bouche des mots qui étaient le miroir de sa propre pensée.

– Adèle, comme tu as changé en si peu de temps ! Tu étais une enfant gâtée lorsque tu es partie, et on dirait que te voilà devenue femme.

– Comme c'est drôle ce que tu dis là, mais tu dois avoir raison. Aujourd'hui je comprends mieux ce que valent les choses. Et toi aussi tu as changé, Eustache. Je ne t'avais jamais vu cet air grave auparavant. Il t'embellit.

– Alors, c'est que nous avons grandi en même temps, dit le jeune homme.

Ils éclatèrent de rire au même moment. Et comme leurs lèvres s'attiraient irrésistiblement, Adèle eut un coup d'œil vers la clarisse et repoussa doucement Eustache.

– Eustache ! Chante-moi la chanson du rossignol qui attend sa bien-aimée, veux-tu ?

Eustache s'éloigna d'Adèle à regret et alla prendre place près de la cheminée. Il pinça les cordes de son luth et commença à chanter.

Un peu plus tard dans l'après-midi, Hugues de Cressy fut introduit dans la chambre d'Adèle par une autre clarisse. Sa compagne était toujours assise sur son coffre et c'est à peine si elle releva la tête lorsque le nouveau visiteur entra.

– Vous avez encore de la visite, mademoiselle.

Puis elle se retourna vers Hugues.

– Il est bien tard, monsieur. On va bientôt sonner les vêpres.

– Je ne serai pas long.

Son premier regard fut pour Adèle puis, immédiatement après, se braqua sur Eustache qui était toujours assis devant la cheminée, grattant son luth. Adèle, qui ne savait pas comment réagir à cette visite impromptue, se tourna vers Eustache. Ce dernier lui sourit, se leva et vint s'incliner devant elle, puis devant Hugues de Cressy.

– J'allais justement partir. J'ai promis à Jehan le fruitier d'aller divertir ses invités et je ne peux plus m'attarder.

Adèle, qui s'attendait à ce qu'Eustache lui vienne en aide, ne sut que penser lorsque la porte se fut refermée sur lui. Hugues s'avança vers elle et lui baisa la main avec émotion, puis la dévisagea en silence.

– Vous avez embelli.

Adèle baissa les yeux, gênée.

– Adèle, je suis venu vous dire que vous m'importez plus que tout au monde. Si vous voulez garder votre trouvère près de vous, vous le garderez. Si vous me promettez d'être honnête avec moi, je n'y trouverai rien à redire. J'ai compris que ce garçon était votre ami depuis l'enfance et qu'il serait cruel de vous en séparer. J'espère que, ce malentendu étant dissipé, nous pourrons nous marier bientôt.

Adèle parvenait difficilement à dissimuler combien elle était étonnée par ce discours, et elle tenta encore de dissuader son prétendant.

– Et supposons que je sois contaminée par mon séjour à la maladrerie ?

– Alors…

Hugues semblait chercher ses mots au tréfonds de lui-même. Adèle crut qu'il hésitait, et affichait déjà un sourire moqueur. Hugues continua cependant d'une voix rauque qui, de nouveau, impressionna la jeune fille.

— Si vous êtes malade, Adèle, alors ma vie n'a plus aucun sens. Et je ne vois d'autre solution que de me rapprocher davantage encore de vous afin de tomber malade à mon tour, ou bien de mourir sur-le-champ si vous le refusez…

Adèle, qui ne s'attendait certes pas à une telle réponse, examina attentivement le visage d'Hugues de Cressy et comprit qu'il était sincère. Elle en fut profondément troublée.

— Eh bien mais… je… je ne sais que vous dire. Je… je ne croyais pas votre attachement pour moi si… si profond…

— Moi non plus, Adèle. Croyez bien que j'en suis moi-même surpris et… bouleversé. Aussi, je ne vous demande pas de vous décider sur-le-champ. Je voudrais simplement que vous réfléchissiez à ma proposition. Je ne veux pas faire de marché avec vos parents et je ne vous épouserai pas contre votre gré. C'est de vous que j'attends une réponse. Je viendrai la prendre dans une semaine, jour pour jour.

Adèle, impressionnée, demeura silencieuse. Le regard d'Hugues de Cressy était si ardent qu'elle ne put le supporter et détourna le sien. Après l'avoir saluée, il quitta la chambre. Adèle demeura longtemps immobile, fixant avec intensité la porte qui s'était refermée.

Les vêpres étaient passées et la rue était presque déserte, hormis quelques passants qui se hâtaient de rentrer chez eux, lorsque Amaury se présenta à la sentinelle qui montait la garde devant la boutique de l'apothicaire. Il sortit un morceau de parchemin plié de son garde-corps et le tendit à l'homme. Celui-ci jeta un coup d'œil sur le document et dévisagea Amaury.

– Le chanoine Clari interdit de laisser entrer quiconque, mais l'échevin le permet ! Ils pourraient se mettre d'accord ! Allez-y !

Amaury, qui avait pris soin de se munir d'une chandelle, pénétra dans la boutique et descendit les marches qui menaient au laboratoire de l'alchimiste. Il promena la lueur tremblante de la chandelle parmi les cornues, les récipients de toutes sortes, les étagères. Il s'arrêta près du foyer et, comme s'il conservait un espoir, regarda encore hâtivement à l'intérieur du petit placard latéral qui se révéla désespérément vide. Il continua sa prospection en éclairant l'amas de cendres et les fragments de bûches demeurés dans le foyer. Il l'explora avec un tisonnier et en sortit un long morceau noir tout constellé de petits trous irréguliers. Il songea à une branche de bois vert qui aurait mal brûlé, mais se ravisa en constatant que l'une des extrémités présentait une troublante similitude avec une articulation. Il mit l'objet le long de sa cuisse et comprit aussitôt qu'aucun doute n'était plus possible. Il s'agissait d'un fémur humain. Il se remit à fouiller aussi fiévreusement que s'il allait découvrir de l'or et réussit encore à extraire des cendres un morceau de mâchoire. Il parut alors comprendre la gravité de sa découverte et son visage prit une expression horrifiée. C'est à ce moment qu'il entendit comme un petit frottement lointain. Il éleva sa chandelle et examina les murs, puis le plafond. Comme le bruit ne se reproduisait pas, il pensa à un rat et se mit en quête d'une étoffe pour envelopper ses trouvailles. Il trouva sur une étagère un vieux morceau de drap dans lequel il enroula les os noircis avec maintes précautions.

Au moment où il s'apprêtait à remonter l'escalier, il entendit distinctement un gémissement à peine perceptible. Avec une hâte fiévreuse, il recommença son inspection méthodique des murs. Ce fut lorsqu'il eut presque terminé le tour de la pièce qu'il avisa, derrière la cheminée, une porte en bois noirci qui se confondait avec la pierre. Elle était située à la hauteur de son visage et était fermée par un loquet. Il approcha une caisse du mur pour grimper dessus afin de soulever plus aisément le loquet. La porte s'ouvrit. Il fut assailli par une odeur si pestilentielle qu'il en tomba presque à la renverse. En se bouchant le nez, il amena la chandelle au bord de la cavité creusée dans la pierre. Le spectacle qui s'offrit alors à lui était tellement surprenant qu'il en oublia de se pincer le nez. La flamme de la chandelle éclairait le corps d'un jeune garçon aux cheveux sombres, qui gisait comme mort, recroquevillé dans ses excréments. En l'examinant plus attentivement,

Amaury put entendre s'échapper de sa bouche, par instants, un faible gémissement. Amaury toucha le visage du garçon. Ce dernier entrouvrit les yeux à grand-peine et les referma aussitôt car il était ébloui par la lumière. Il n'eut pas la force de prononcer un mot ni de faire un geste.

– Ne bouge pas, lui dit Amaury, sans se rendre compte que ce conseil était bien inutile. Je vais revenir te chercher. Tu es sauvé.

Amaury posa la chandelle sur le sol et revint avec la sentinelle qui l'aida à sortir le garçon du réduit en faisant moult grimaces de dégoût.

– Par tous les saints ! S'il n'était pas si jeune, je dirais bien que c'est le diable ! Je ne vois que le diable pour puer à ce point !

Amaury enveloppa d'un drap de laine le jeune garçon qui, toujours incapable de bouger un cil, se laissait ballotter comme un paquet.

– Aide-moi à le charger sur mon épaule, je l'emmène de suite chez M. de Croy, dit Amaury.

L'homme s'exécuta en pensant qu'ensuite il serait enfin débarrassé. Amaury récupéra au passage les os emballés qu'il avait posés sur un établi, puis il se dirigea vers l'escalier. La sentinelle le suivait à distance respectable.

– Tu en as pour la nuit à le nettoyer ! Tu devrais prendre de l'eau de rose dans la boutique et aussi du romarin et de l'écorce d'orange ! Ventrebleu ! Une odeur pareille, c'est à peine humain !

Le garçon avait été lavé et vêtu d'une chemise blanche trop grande pour lui. Il reposait à présent dans le lit à baldaquin d'une chambre où brûlait un bon feu. Il était si pâle dans la blancheur du linge qu'on eût dit un petit mort qu'on veillait. Mais Amaury était penché sur lui et essayait de lui faire boire un peu d'eau avec une grande cuiller. Grégoire de Croy entra alors dans la pièce avec dame d'Orbais, qu'on transportait comme à l'accoutumée dans un grand fauteuil soutenu par deux moines. La dame de compagnie trottinait derrière eux. La vieille femme semblait bouleversée et elle poussa un petit cri en regardant l'enfant.

– Ah ! C'est Nicolas ! C'est lui ! Mon Dieu !

Nicolas entrouvrit les paupières et s'agita un peu. Grégoire de Croy tapotait la main de dame d'Orbais.

– Amaury, demande à Béranger de nous apporter un peu de vin chaud.

– J'y vais !

Amaury sortit de la pièce au moment où Clari entrait avec le médecin. Celui-ci vint aussitôt au chevet du malade et prit son pouls. Il examina ensuite son œil et posa la tête sur sa poitrine. Puis il se releva et se racla la gorge.

– Eh bien ? demanda Grégoire de Croy que ces façons sentencieuses énervaient.

– Eh bien, il est à moitié mort de faim et surtout de soif ! Il est si faible qu'il respire à peine…

–Mon Dieu! s'exclama la comtesse.

–Mais il respire! continua le médecin, très content de lui et de l'effet qu'il produisait sur l'assistance. Il faut commencer par lui donner à boire de très petites quantités de bouillon. S'il le supporte, au bout de trois jours, donnez-lui un peu de bouillie. Ce qui est certain, c'est qu'il ne retrouvera pas ses esprits avant un moment!

–Dieu soit loué! L'important, c'est qu'il les retrouve! dit la comtesse en se mouchant.

–Ce n'est pas tout à fait sûr, précisa le médecin, mais ce n'est pas impossible non plus…

À ce moment Amaury entra avec Béranger. Ils portaient respectivement un pot rempli d'un liquide fumant et des gobelets d'étain sur un plateau. Grégoire de Croy se précipita pour remplir l'un d'eux de vin chaud et le tendit à la comtesse d'Orbais.

–Tenez, chère madame. Cela vous fera du bien. Je suis certain, moi, que nous ramènerons votre neveu à la vie! dit-il en jetant un regard de biais au médecin.

Celui-ci avait ramassé sa trousse et s'apprêtait à partir.

–Je m'en vais. Je repasserai le voir demain avec votre permission.

–Cela va de soi. Mais, avant votre départ, nous souhaiterions vous montrer quelque chose…

L'échevin fit un signe au chanoine Clari pour qu'il leur emboîte le pas, et s'approcha d'Amaury pour lui chuchoter à l'oreille d'en faire autant. Celui-ci, qui essayait de faire boire le jeune malade à la cuiller, acquiesça et appela Béranger afin qu'il le remplace. Puis il sortit derrière les trois hommes.

Amaury avait déballé, sur un meuble recouvert d'une tapisserie, les fragments d'os calcinés découverts dans le laboratoire de l'alchimiste. Le médecin examinait l'os long et troué.

– C'est un fémur humain, sans aucun doute.

– Pourquoi est-il constellé de petits trous comme une éponge ? s'enquit Amaury.

– On a dû le tremper dans un acide avant de le brûler, peut-être pour dissoudre les chairs, précisa le médecin qui s'évertuait à n'omettre aucun détail macabre.

Amaury fit une grimace. Grégoire de Croy et le chanoine Clari n'eurent pas meilleure contenance. Le médecin examina ensuite le morceau de mâchoire.

– Oui. Cela confirme ce que je disais. On l'a arrosé d'acide et on a brûlé les restes. Il n'y a pas très longtemps d'ailleurs…

Grégoire de Croy frappa alors son poing dans sa paume ouverte et regarda le chanoine. Celui-ci venait apparemment d'en arriver aux mêmes conclusions.

– Vous pensez comme moi que ce pourrait être…

– L'apothicaire ? s'exclama Amaury qui venait de comprendre lui aussi.

– L'apothicaire, oui, dit l'échevin. À moins qu'on ne le retrouve dans un réduit comme ce jeune homme, ce qui m'étonnerait. En outre, il n'a certainement pas pu échapper à nos milices qui battent la campagne, donc, il doit être encore en ville.

– Mais… si l'apothicaire est mort, alors, qui peut bien être le coupable de tous ces crimes ? dit Amaury.

– Le coupable est peut-être déjà mort lui aussi… répondit Grégoire de Croy.

– Vous pensez à… Jacques ? demanda le chanoine Clari d'un air énigmatique.

Grégoire de Croy haussa les épaules pour faire comprendre à ses compagnons qu'il ne s'agissait que d'une conjecture.

– Il faudrait pouvoir interroger le jeune Nicolas, mais je crains qu'il ne nous faille attendre plusieurs jours, et le temps presse peut-être… mais…

L'échevin leva soudain l'index droit en regardant ses compagnons d'un air presque joyeux.

– … mais il y a peut-être un moyen, dit-il.

Amaury alla ensuite porter à Baldr la bonne nouvelle. Le mage parut soulagé, même s'il sembla à Amaury que son visage affichait tout simplement la même sérénité qu'à son habitude.

– À présent, dit Baldr, nous allons pouvoir démasquer le coupable. L'idée de Grégoire de Croy est parfaite et si Nicolas se rétablit rapidement, nous pourrons mettre tous les avantages de notre côté. Voilà comment il faudra procéder.

Et il lui exposa son plan.

Lorsque Amaury regagna sa demeure, quelques heures plus tard, un homme battait du tambour sur la place de la cathédrale et les badauds s'étaient rassemblés spontanément autour de lui. Lorsqu'il jugea que la foule était suffisamment compacte, il déroula un parchemin et se mit à déclamer :

– Le maire avise la population qu'il a été mis fin aux

troubles qui agitaient la ville ! On a retrouvé le coupable et, bien qu'il soit déjà mort, tous les témoins seront rassemblés afin que le meurtrier soit jugé comme il aurait dû l'être ! Que tous ceux qui voudraient assister à ce jugement veuillent bien se présenter…

– Qu'est-ce qui se passe encore ? demanda un badaud qui n'avait pas entendu le début de l'annonce.

– Bah ! Ils vont juger un mort ! On aura tout vu ! répondit un autre.

– Dieu a déjà jugé de toute façon ! dit une femme.

– Moi j'y vais, reprit le premier. C'est toujours distrayant un procès.

Le crieur, qui avait terminé son annonce, s'éloigna et la foule commença aussitôt à se disperser.

Amaury était venu rendre visite à Nicolas qui dormait paisiblement et semblait avoir déjà un peu meilleure mine que la veille. Dame d'Orbais était à son chevet, un livre ouvert sur les genoux. Elle parla à Amaury à voix basse.

– C'est si aimable à vous, mon garçon, de vous préoccuper de la santé de mon petit Nicolas. Le médecin dit qu'il va se remettre et j'en suis si heureuse ! Mais il n'a encore pas dit deux mots de suite et il ne semble pas me reconnaître ! Quel malheur !

Lorsqu'elle prononça ces mots, l'émotion fut si forte qu'elle se moucha bruyamment dans un carré de batiste brodé. Le jeune Nicolas, au même moment, ouvrit les yeux et ses lèvres remuèrent.

– Regardez ! Il s'est réveillé ! Il veut nous dire quelque chose !

Nicolas tourna les yeux vers la vieille dame et lui fit un pâle sourire.

– Il me reconnaît ! Il me reconnaît ! Oh, merci ! Merci, mon Dieu ! Mon petit, comme je suis heureuse !

La comtesse était aux anges. Elle prit les mains de Nicolas dans les siennes et les couvrit de baisers. Amaury assistait à la scène, attendri. Puis il décida de profiter de la lucidité du garçon.

– Nicolas, est-ce que tu peux parler ? Sais-tu qui t'a enfermé ?

Nicolas remua légèrement la tête de haut en bas.

– Il comprend et il répond, murmura Amaury à l'adresse de la vieille dame. Je pense qu'il est sur le chemin de la guérison.

– Je m'appelle Amaury, dit-il au garçon. C'est moi qui t'ai retrouvé !

Les lèvres du garçon remuèrent et un faible son s'en échappa. Amaury approcha son oreille de la bouche du garçon, puis regarda dame d'Orbais avec un grand sourire.

– Il a dit merci.

Amaury sortit alors un objet de son surcot. Il déplia délicatement l'étoffe qui l'entourait et le présenta à Nicolas qui avait suivi chacun de ses gestes avec intérêt. Lorsqu'il vit la croix en argent ciselé qu'Amaury avait trouvée dans le laboratoire de l'alchimiste, Nicolas s'agita, tandis que dame d'Orbais, stupéfaite, tendait le cou pour mieux voir.

– D'où tenez-vous ceci, mon garçon ? demanda-t-elle aussitôt d'un air grave.

– Je l'ai trouvée dans le laboratoire de l'alchimiste, non loin de l'endroit où était enfermé Nicolas.

Le jeune garçon tendit la main vers la croix et Amaury la lui donna. La vieille dame semblait encore plus perplexe que bouleversée.

– Mais c'est incroyable ! Incroyable ! Cette croix m'a été volée il y a trois ans avec tous les bijoux de notre famille par cette bande de malfaiteurs !

Puis, l'examinant plus attentivement, elle constata qu'il y manquait les pierres. Mais Nicolas chuchotait à nouveau et Amaury se pencha vers lui.

Lorsque Amaury rentra chez lui ce soir-là, il semblait délivré du poids du doute qui l'avait tenaillé pendant toutes ces longues semaines. Tout serait bientôt publiquement résolu. Un point cependant, et non des moindres, bien qu'il ait peu de rapport avec l'enquête, restait à régler, et il aurait besoin de tout son courage pour cela. Aussi est-ce en affichant une fausse désinvolture qu'il pénétra dans la salle commune où son père, le jeune Aymeric et Anna étaient en train de manger une épaisse soupe au lard.

– Bonsoir, tout le monde !

Des onomatopées lui répondirent. Il alla se servir lui-même une écuelle de soupe avant de venir prendre place en face de son père. Ils mangèrent ainsi en silence pendant un moment, Amaury ne cessant de regarder son père par-dessus son écuelle et Aymeric regardant Amaury, en se demandant ce qu'il pouvait bien mijoter. Adam Lasnier finit par sentir le regard de son fils posé sur lui et releva la tête.

— Qu'est-ce que j'ai donc aujourd'hui de si intéressant pour que tu me regardes comme ça ? demanda-t-il à son fils.

— Je te regarde ? Oui, oui, c'est possible. Mais ce n'est pas défendu, je pense ?

— Non, ce n'est pas défendu, dit le vieil homme avec un grand sourire avant de replonger le nez dans sa soupe.

Amaury se reprocha de n'avoir pas saisi l'occasion que son père lui tendait. Ensuite, il n'eut d'autre choix que de se jeter à l'eau, un peu abruptement.

— Père, que dirais-tu si je me mariais ?

— C'est une excellente idée ! répondit Adam Lasnier, enchanté, sans même s'arrêter de manger sa soupe tant cette idée lui paraissait naturelle. Je me demandais si elle te viendrait un jour !

— Ah ? dit Amaury, étonné, qui attendait un semblant de résistance.

Son père, qui avait enfin terminé son bol, essuya sa bouche d'un revers de manche, puis regarda Amaury avec intérêt.

— Eh bien ? Qui est-ce ?

– Hein ? Oh ! Je… je posais juste la question comme ça… en fait…

Certes, la moitié du chemin était faite, mais le plus difficile demeurait à venir, et Amaury ne savait comment présenter la chose pour qu'elle fasse le moins de remous possible. Pendant qu'il balbutiait, son père regarda Anna et Aymeric comme s'il voulait les prendre à témoin du peu de clarté de son fils. Aussi Amaury se retrouva bientôt au centre de l'attention, avec un public suspendu à ses lèvres, comme s'il était celui qui doit apporter la bonne parole. Il n'y avait pas moyen de se défiler plus longtemps.

– Elle… elle s'appelle Lisa ! Lisa d'Assise, et elle… elle est funambule !

Son père, qui avait commencé par sourire en entendant le nom de la jeune fille, changea de figure au mot « funambule ». Abasourdi, il ouvrit tout grands des yeux étonnés, espérant sans doute encore que son fils plaisantait. Anna fit mine de s'affairer, pressentant l'orage.

– Jongleuse ? C'est vrai ? Ça alors ! On va pouvoir s'amuser toute l'année ! s'enthousiasma Aymeric.

Adam Lasnier fronça les sourcils et foudroya l'enfant du regard. Puis il interrogea son fils qui tapotait nerveusement la table de ses longs doigts fins.

– Ce n'est pas une plaisanterie, n'est-ce pas ?

Amaury fit signe que non de la tête.

– Alors, non seulement tu as refusé de devenir orfèvre comme ton vieux père mais, de plus, tu veux faire entrer une saltimbanque dans la famille ! Tu veux me donner des petits-enfants qui marchent sur les mains et qui se contorsionnent comme des singes ! C'est ça que tu as décidé ?

Amaury ne trouva rien à répondre. Son père se leva avec fracas et se dirigea vers la porte. Il se retourna juste avant de la franchir et pointa vers Amaury un index menaçant.

– Eh bien, j'espère que tu vas changer d'avis ! C'est tout ce que j'ai à dire pour l'instant !

Et il sortit. Aymeric s'essuya sur sa manche à son tour, puis bondit sur ses pieds et vint entourer Amaury de son bras.

– Moi, je suis d'accord, Amaury ! Quand est-ce qu'elle va venir ?

Amaury lui sourit, réconforté par tant de fraîcheur.

– Je ne sais pas encore.

Anna se leva et commença à débarrasser la table.

– Il faut le comprendre. Tu ravives de mauvais souvenirs. Il n'a pas oublié que ta mère est partie avec un trouvère…

– Un trouvère, ce n'est pas pareil ! Et puis, je l'aime ! Voilà tout ce qui compte !

La cuisinière plongea les écuelles dans l'évier de pierre.

– Eh bien, il nous reste à prier Dieu pour qu'il change d'avis, dit-elle pour réconforter Amaury.

Mais cela n'eut pas l'effet escompté, bien au contraire.

– Si Dieu a pu faire que j'aime Lisa, il ne peut que bénir notre union en faisant entendre raison à mon père ! Et si mon père ne peut entendre raison, eh bien, nous nous passerons de son assentiment, voilà tout !

– Te voilà bien décidé, Amaury, remarqua Anna. Je ne t'avais pas vu comme ça depuis le jour où tu as décidé d'être sculpteur.

Elle soupira en essuyant les écuelles.

– Eh bien, nous verrons, conclut-elle. Quelques nuits lui apporteront peut-être leurs bons conseils.

Amaury l'écoutait à peine, tout à son bonheur futur. Il s'approcha d'Anna et l'embrassa.

– J'aime, Anna ! J'aime ! lui chantonna-t-il dans l'oreille.

Et il quitta brusquement la pièce.

La salle de la Malmaison, où avaient coutume de délibérer les échevins, avait été aménagée spécialement pour l'occasion. On avait disposé, de part et d'autre de la pièce, plusieurs rangées de bancs. D'un côté, deux rangées où avaient pris place les échevins et le chanoine Clari. L'évêque siégeait aussi parmi eux, mais il était assis sur un grand fauteuil de velours pourpre ainsi que le maire qui se trouvait à sa gauche et dame d'Orbais, à sa droite. En face d'eux, vingt rangées de bancs accueillaient les Amiénois qui avaient voulu assister au procès. Ils étaient venus nombreux, car il arrivait rarement qu'un procès réunisse à la fois l'Église et l'échevinage, et tout spectacle était le bienvenu en cette petite ville de province. Il n'y avait plus une seule place vacante et quelques-uns étaient même demeurés debout au fond de la salle. Amaury était assis au premier rang avec Lisa. Auprès d'eux siégeait Maître Jean. Le brouhaha régnait dans la salle avant que la séance ne commence. Quelques femmes étaient venues avec leur marmaille et il était clair qu'il serait difficile d'obtenir le silence. Quand les portes furent fermées, le maire s'y employa néanmoins résolument. Il frappa le sol de sa canne à plusieurs reprises.

– Allons, allons, bonnes gens ! Je vous en prie ! Silence ! Silence ! Nous allons commencer ! Silence !

Un semblant de calme étant revenu, il commença.

– Nous allons aujourd'hui juger un mort, et cela, je vous l'accorde, n'est point coutumier. Mais nous avons voulu que soit mis publiquement un terme aux exactions qui ont troublé notre bonne ville ces dernières semaines. Les mesures d'urgence ont été levées ce matin. L'homme que nous jugeons se nommait Jacques, et il a été tué par M. de Cressy alors même qu'il s'enfuyait après l'avoir volé. Justice est donc faite. Mais nous devons maintenant reconstituer les faits afin que tout événement demeuré dans l'ombre puisse être mis en lumière. Pour cela je fais appel à M. Grégoire de Croy qui était chargé depuis le début de l'enquête…

À ce moment, l'évêque toussota un peu en montrant du menton le chanoine Clari. Le maire saisit instantanément cette occasion de rattraper cette bévue diplomatique.

– … enquête qu'il a d'ailleurs menée conjointement avec le chanoine Clari, ici présent, qui ne manquera pas de lui venir en aide, si besoin était, dans le récit des événements. Monsieur de Croy, vous avez la parole !

L'évêque parut rasséréné. Grégoire de Croy se leva et commença son récit :

– Comme vous le savez, tout a commencé le jour où un bloc de pierre est tombé du haut des échafaudages…

Il fit un récit complet des événements tels qu'ils avaient été vécus par lui et le chanoine Clari ou par Amaury, et tels que les indices et les témoignages lui avaient permis de les reconstituer. Il termina par un appel à témoin parmi les personnes présentes.

– Et maintenant je demande à toutes les personnes présentes dans cette salle, qui auraient été en rapport avec le nommé Jacques et qui pensent détenir des indices que je n'aurais pas mentionnés, de venir témoigner.

Une femme d'une trentaine d'années, coquette et bien en chair, s'était aussitôt avancée au milieu de l'assemblée et commença de s'expliquer à grand renfort de minauderies destinées à aguicher le public masculin.

– Mon mari était, comme d'habitude, dans l'arrière-boutique à préparer la pâte et moi, pendant ce temps-là, je vendais à cet homme deux couronnes de pain blanc. Ça ! Je ne m'attendais sûrement pas à ce qu'il me fasse des propositions, pourtant…

À ce moment, son mari, un homme maigre et grincheux qui était demeuré assis, se leva et menaça on ne sait qui du poing.

– Tu ne m'as jamais rien dit de ça ! lança-t-il à travers la salle.

– Pardi ! Je te connais bien ! Tu l'aurais occis sur-le-champ !

– Et alors ! Ça t'aurait embêtée peut-être ? Tu le trouvais à ton goût, hein ?

– Pas du tout ! C'était un gringalet dans ton genre de toute façon ! Qu'est-ce que j'aurais gagné au change ?

Le mari s'était peu à peu rapproché de sa femme et, lorsqu'elle prononça ces mots, il fut tellement vexé qu'il leva la main sur elle. Un homme assis au premier rang dut s'interposer et ceinturer le mari. La femme, elle, continuait, ravie d'être ainsi devenue le centre d'attraction.

– Je ne voulais pas qu'on te pende, voilà la vérité ! Qu'est-ce que j'aurais fait d'un mari pendu ?

– Tu aurais pu te remarier ! Tu n'es pas si laide ! dit une voix dans la salle.

Grégoire de Croy se leva et intervint pour empêcher les choses de dégénérer.

– Allons ! Madame ! Monsieur !

– Ah ! finalement, j'ai peut-être été bien sotte ! Voilà un candidat pour être mon mari…

– Ton mari, c'est vite dit ! Mais ton amant peut-être bien ! répliqua la même voix.

L'homme qui tenait le mari avait fini par le lâcher, voyant qu'il se calmait. Mais, lorsqu'il entendit ces paroles, sa fureur revint et il marcha, les poings sur les hanches, vers le public, cherchant des yeux celui qui avait parlé.

– Qui a dit ça ? Qui ? grommelait-il.

Le spectacle était au goût du public qui, à présent, se gaussait et prenait parti, espérant secrètement une bonne bagarre sanglante. Ce fut Grégoire de Croy qui, une fois encore, rétablit le bon déroulement du procès en poussant doucement la femme vers un banc.

– Merci, madame ! À présent, nous allons entendre un autre témoin.

La femme le remercia d'un sourire aguicheur et minauda à l'intention de son admirateur inconnu dans la salle.

C'est l'aubergiste de l'Arbre vert qui venait de la remplacer lorsque Hugues de Cressy entra, s'inclinant au passage devant l'évêque, puis devant la comtesse qui le dévisagea attentivement. Un murmure parcourut la salle. Hugues de Cressy était encore un étranger pour les Amiénois, et seules les personnes intéressées à sa générosité ou impressionnées par son train de vie l'avaient apparemment accepté, sinon comme un des leurs, du moins comme un résident honorable. Le chanoine Clari donna des ordres pour qu'on lui avançât un siège digne de sa condition, et Hugues de Cressy prit place au premier rang, près du chanoine. Aussitôt qu'il fut assis, Amaury se leva et quitta la salle d'audience. L'aubergiste, qui s'intéressait autant que tout le monde aux allées et venues, avait attendu qu'elles cessent pour commencer à parler.

– Moi, monsieur le maire, j'ai donné à manger plusieurs fois à deux des victimes, et j'ai même hébergé le petit jeune homme qui a disparu deux jours après son arrivée ! J'étais en plein cœur de l'action si on peut dire. Jacques aussi je le connaissais. Enfin, pas une bonne connaissance bien sûr ! Je veux dire qu'il est venu plusieurs fois pour parler avec Robert et aussi avec celui qu'on appelait Gino. Ils avaient toujours l'air de comploter. Ils commandaient de la cervoise et puis ils se mettaient dans un coin et ils se taisaient aussitôt qu'on s'approchait d'eux.

Après l'aubergiste, il y eut le boucher, puis l'écorcheur, puis deux chanoines, il y eut aussi deux ou trois commères, qui ne voulaient pas qu'on prétendît en savoir plus qu'elles, et un cueilleur d'herbes qui fournissait l'apothicaire. Tous savaient ou prétendaient savoir quelque chose d'important sur l'affaire. Et pour que le public soit satisfait, il fallut les entendre tous, même si Grégoire de Croy s'efforçait d'écourter chaque intervention. Martin Le Moine, le marchand de guède, était en train de parler lorsqu'on entendit sonner vêpres.

– Ma boutique est juste en face de celle de l'apothicaire et je travaille sous l'auvent toute la journée. Alors, j'ai vu souvent Jacques lui rendre visite…

L'évêque dissimula un bâillement. Sur le banc, au premier rang, Lisa trépignait d'inquiétude sur son siège car Amaury n'était pas revenu, et elle mourait d'envie de quitter la salle d'audience pour le rejoindre. L'évêque se pencha vers Clari et lui dit quelque chose à l'oreille. Ensuite Clari se pencha vers Grégoire de Croy et lui répéta ce que l'évêque venait de lui dire. Grégoire de Croy regarda alors Clari puis l'évêque et secoua la tête pour signifier son accord. Le chanoine Clari se leva et s'avança vers Martin Le Moine.

— … de même d'ailleurs que le montreur d'ours et avant lui, Gino. Je me doutais bien qu'il y avait quelque chose de louche dans sa cave parce que j'avais déjà senti des odeurs bizarres… enfin pas comme celles qu'on a l'habitude de sentir chez un apothicaire et…

Clari le coupa brusquement sans chercher le moins du monde à recourir à la diplomatie.

— C'est très bien. Nous vous remercions pour votre témoignage. Vous pouvez aller vous rasseoir.

Martin, un peu estomaqué, tenta de protester, mais Clari le poussa lui-même avec autorité à sa place. C'est à ce moment qu'Amaury revint s'asseoir à côté de Lisa, après avoir fait un signe de connivence au passage à Grégoire de Croy. Le chanoine Clari résuma la fin de l'histoire à sa façon.

— Jacques a donc volé et gravement blessé dame d'Orbais ici présente. Il a ensuite changé de vie et il est entré au service de M. de Cressy, peut-être pour le voler plus commodément. Mais lorsque les jongleurs sont arrivés à Amiens, deux d'entre eux l'ont reconnu. Et pour cause ! Ils faisaient eux-mêmes partie de la bande qui avait attaqué dame d'Orbais. Cette dame a d'ailleurs accepté d'identifier leurs cadavres. Nos deux jongleurs ont donc demandé de l'argent à Jacques en échange de son silence. Notre bandit a réussi à s'en tirer au début en soutirant quelques pierres à M. de Cressy sans qu'il s'en aperçoive.

Grégoire de Croy fronça les sourcils avec l'air de quelqu'un qui n'y comprend rien. Clari cependant plaidait la culpabilité de Jacques avec ferveur et il était si sûr de lui qu'il semblait bien que rien n'aurait pu le faire démordre que c'était bien l'absolue vérité qu'il relatait là.

— Mais ils ont été trop gourmands et Jacques a préféré les supprimer, l'un après l'autre !

Il ponctuait son discours d'exclamations destinées à faire réagir la salle qui, de fait, participait en lançant des oh ! oh ! indignés. La plaidoirie était belle et l'auditoire médusé suivait chacun des gestes de Clari, guettant presque le moment où il ferait sortir un lapin de ses manches. Mais cela ne se produisit pas.

— L'apothicaire était en fait, non seulement un alchimiste, mais surtout un receleur. Comme il avait appris que M. de Cressy s'intéressait aux belles pierres, il a tenté de lui revendre quelques-unes de ses malhonnêtes acquisitions ! Nous avons averti aussitôt M. de Cressy de se méfier de cet individu, et il a, bien sûr, immédiatement refusé de le revoir. Cependant, Jacques, qui avait été témoin des tractations, s'est dit qu'il pourrait facilement se faire un peu d'argent de poche en renouant avec son ancien métier. Voler un voleur, cela lui semblait sans doute presque moral. Il a donc cambriolé l'alchimiste. Pour être tout à fait tranquille, il l'a tué et brûlé son cadavre. Voyez, bonnes gens, où conduit l'alchimie ! On peut dire que ce suppôt du diable n'a eu que ce qu'il méritait !

La foule frémissait et le chanoine exultait. L'évêque voulut calmer l'assistance en dénonçant l'esprit partisan de l'accusateur.

– Clari ! Vous vous égarez ! Tenez-vous-en aux faits !

Le chanoine s'inclina, réprimant à grand-peine son ardeur.

– Oui, monseigneur.

– Et que faites-vous du jeune Nicolas d'Orbais dans votre histoire ? demanda Grégoire de Croy.

– Il n'a qu'un rapport très éloigné avec l'histoire ! Les alchimistes font souvent des expériences ignobles, l'ignorez-vous ? Ils ont besoin pour cela de corps humains vivants, et c'est encore mieux s'ils sont jeunes et indemnes de tout mal…

– Nul n'a jamais pu vérifier de telles affirmations dont je vous laisse l'entière responsabilité ! Cet apothicaire était un bien piètre alchimiste si j'en juge par sa moralité car je n'ai jamais rencontré que des hommes de bonne moralité parmi les alchimistes ! ajouta Grégoire de Croy.

Il n'en fallait pas plus pour titiller le chanoine qui en oublia sur-le-champ toute convivialité pour invectiver l'échevin, les yeux exorbités. L'assistance, évidemment, jubilait.

– Vraiment ! C'est extraordinaire ! Ainsi Grégoire de Croy rencontre des alchimistes ! Si j'avais su que…

– Messieurs ! Encore une fois, je vous prie de vous en tenir aux faits ! Sinon nous n'allons jamais en finir ! interrompit l'évêque qui perdait lui aussi son sang-froid.

Le maire renchérit car il avait des fourmis dans les jambes à force d'être assis.

– Monseigneur a raison, continuons et ne perdons plus de temps !

Les deux belligérants s'inclinèrent.

— Quoi qu'il en soit, dit Grégoire de Croy, mon intention est de vous proposer une tout autre version des événements.

Tous les visages se tournèrent vers lui, y compris ceux, étonnés, de l'évêque et du maire. Un ou deux marmots s'étaient mis à pleurer dans la salle. Une femme sortit avec le sien. L'autre lui donna son sein à téter sous l'œil attendri du jeune père.

— Voilà en réalité ce qui s'est passé. Et vous pourrez constater que le jeune Nicolas d'Orbais n'est en rien étranger à l'affaire puisqu'il y est, au contraire, impliqué depuis le début.

Clari, qui était en train de se rasseoir, le foudroya du regard. Mais l'échevin lui fit un petit sourire et continua.

— Lorsque Nicolas a rejoint la troupe de jongleurs qui se rendait à Amiens, c'était avec une idée bien précise : il voulait venger sa tante, en faisant arrêter le responsable car il avait retrouvé sa trace.

La vieille dame en entendant ces mots s'en émut et essuya une larme qui coulait sur son visage. Le chanoine Clari haussa les épaules tout en tapotant nerveusement le rebord du banc.

— Nicolas avait apporté avec lui un objet qu'il gardait précieusement et qui devait lui permettre de confondre le chef des brigands. Il l'avait caché dans un pilier de la cathédrale pour être certain qu'on ne le lui dérobe pas, car c'était sa seule preuve. Malheureusement, comme il cheminait avec eux, il avait naïvement raconté son histoire à Gino et à Robert le montreur d'ours. Ces deux-là ont vu tout de suite le parti qu'ils pouvaient tirer de la situation, car leur intention, en venant à Amiens, était précisément de faire chanter leur ancien complice dont ils avaient, eux aussi, réussi à retrouver la trace. L'un d'eux, déguisé en lépreux, a donc récupéré l'objet dans le pilier. Puis ils ont enlevé Nicolas et sont allés voir l'apothicaire qu'ils connaissaient depuis longtemps pour son talent de receleur. Ils lui ont demandé de cacher Nicolas et l'ont payé avec l'objet rapporté par celui-ci. Gino est ensuite allé trouver Jacques, qu'il n'avait eu aucun mal à retrouver, et il lui a demandé de l'argent. Jacques ne l'entendait évidemment pas de cette oreille, et il a très rapidement tué Gino. Robert, qui se croyait plus malin, a cru pouvoir faire mieux. Mais Jacques s'est rapidement débarrassé de lui aussi. Seulement… entre-temps, l'apothicaire avait réussi à arracher à Nicolas son histoire, et il s'est improvisé à son tour maître chanteur.

Hugues de Cressy jeta un coup d'œil à Clari en fronçant les sourcils comme s'il désirait quelque éclaircissement sur cette version des faits. Clari se contenta de hausser les épaules pour en minimiser l'importance. Dame d'Orbais, elle, semblait boire les paroles de Grégoire de Croy.

— Sa carrière de maître chanteur aura été aussi courte que celles des deux autres car Jacques était un tueur habile et d'autant plus impitoyable qu'il savait que le bonhomme était un receleur. En l'éliminant, il pouvait mettre la main sur son magot. Il a mis le laboratoire sens dessus dessous et il l'a trouvé. Ensuite, il a poussé le raffinement jusqu'à se débarrasser du corps de l'apothicaire pour faire croire qu'il s'était enfui avec les pierres. Mais il ignorait que Nicolas moisissait dans un réduit derrière une épaisse couche de pierre. Le pauvre a d'ailleurs bien failli y rester sans l'opiniâtreté d'Amaury Lasnier. Amaury, voulez-vous faire entrer ce jeune homme ?

Tous les visages se tournèrent vers la porte derrière laquelle Amaury avait disparu. Il reparut presque aussitôt, soutenant Nicolas d'Orbais qui, quoique encore bien frêle, marchait néanmoins en s'aidant d'une canne. Grégoire de Croy lui approcha un fauteuil et l'aida à s'asseoir. Hugues de Cressy regarda le jeune homme avec attention, comme s'il en cherchait le souvenir dans sa mémoire.

– Nicolas, voulez-vous me montrer l'objet que vous avez apporté avec vous ? dit l'échevin.

Nicolas sortit de son mantel la croix d'argent mais, au lieu de la donner à Grégoire de Croy, il se leva avec effort et, se tenant debout devant Hugues de Cressy, il lui tendit la croix. Celui-ci regarda autour de lui d'un air surpris, puis il s'adressa au chanoine Clari sur un ton outré.

– Qu'est-ce que ça signifie ? Je ne comprends pas !

L'enfant brandit la croix au-dessus de sa tête pour que toute l'assistance puisse la voir.

– Cette croix doit évoquer quelque chose pour vous, monsieur, puisqu'elle a été en votre possession, brièvement il est vrai, lorsque vous l'avez confiée à un maître joaillier de Paris afin qu'il retaille les deux émeraudes qui se trouvaient là, dit Nicolas d'une voix claire quoiqu'un peu essoufflée.

Il indiquait des emplacements vides sur les bras de la croix. Hugues de Cressy pâlit et se leva. Le chanoine Clari, ahuri, le regarda sans comprendre, les yeux ronds. D'un geste rageur, Hugues s'empara de la croix et la jeta sur le sol de toutes ses forces. Des oh! et des ah! s'élevèrent dans l'assistance haletante. Amaury vint prestement s'interposer entre Cressy et Nicolas afin de protéger ce dernier.

– Ceci est un mensonge! cria Hugues de Cressy. Je n'ai jamais vu cette croix!

Grégoire de Croy ramassa le bijou tandis qu'Amaury aidait Nicolas à regagner son siège. Le chanoine Clari semblait de plus en plus mal à l'aise, d'autant que l'évêque venait de le questionner muettement du regard.

– Nicolas va nous raconter plus en détail ce qui s'est passé et cela vous rafraîchira sans doute la mémoire, dit l'échevin. Restez assis, mon enfant, je vous prie. Nous vous écoutons.

– Je faisais les livraisons pour un joaillier de Paris. Ce jour-là, j'attendais que mon maître termine un travail lorsque M. de Cressy est venu avec cette croix. Il voulait qu'on retaille les deux émeraudes pour en faire des pendants d'oreilles.

Le chanoine Clari avala sa salive, médusé, tandis que Grégoire de Croy lui jetait un coup d'œil narquois.

– C'est un mensonge! Quelqu'un a payé ce garçon! hurla Hugues de Cressy.

Puis il s'adressa directement à l'évêque :

— Monseigneur ! Je vous prends à témoin de cette infamie ! On essaie de me perdre !

Il regarda furtivement les deux sentinelles qui montaient la garde devant la porte d'entrée.

— Mais qui donc essaie de vous perdre ? demanda l'évêque compatissant.

— Et comment le saurais-je ! Ce sculpteur peut-être ! Son ami convoite ma fiancée !

— Allons, allons ! D'abord Adèle Picquet n'est pas encore votre fiancée, objecta Grégoire de Croy. Et puis, si l'on vous calomnie, vous allez évidemment pouvoir vous justifier et en demander raison. Nicolas, pouvez-vous nous dire d'où venait cette croix ?

— Elle appartenait à ma tante, dame d'Orbais, et lui avait été dérobée avec tous les autres bijoux de la famille, il y a trois ans.

Une rumeur d'indignation parcourut la salle. Amaury se leva et vint au milieu de l'assistance en tenant à la main un coffret qu'il ouvrit aussitôt devant le public. Il contenait des joyaux, des bijoux et même des pièces d'or. Les exclamations fusèrent de plus belle et les conversations commencèrent d'aller bon train. L'évêque dut rétablir l'ordre en frappant le sol de sa canne.

— J'invite dame d'Orbais ici présente à nous dire si, parmi ces joyaux, il en est qui lui appartiennent, déclara Amaury. Je précise que ce coffret a été trouvé chez M. de Cressy, pas plus tard que tout à l'heure ! Et voici les pendants d'oreilles.

— Oui, dit la vieille dame en examinant les joyaux.

Je reconnais ceci ! Et voilà le collier de mon aïeule !
Oh ! mon Dieu ! C'est trop d'émotion...

Elle s'éventa avec un mouchoir et Amaury récupéra
de justesse le coffret qui allait choir. La foule, médusée,
compatit. Hugues de Cressy, pendant ce temps, s'était
un peu ressaisi et avait opté pour une autre tactique.

— Et en quoi la parole de cette dame d'Orbais aurait-
elle plus de poids que la mienne ? Ce qu'elle dit, je peux
le dire aussi. Et puis elle n'est plus toute jeune, elle peut
confondre !

— Vous êtes un habile homme, Hugues de Cressy,
reprit Grégoire de Croy. Ainsi avez-vous toujours gardé
près de vous votre ancien complice, Jacques, dont vous
saviez bien qu'il exécuterait toujours la sale besogne
pour vous. C'était vous, le cerveau de la bande qui a
attaqué la comtesse, mais vous preniez soin de vous
tenir toujours en retrait afin que nulle de vos victimes
ne puisse jamais vous reconnaître... D'ailleurs, depuis
le début de ce procès, je vous ai appelé monsieur de
Cressy, mais ne devrais-je pas plutôt vous appeler Raymond Beaufort ?

Cressy blêmit et commença à loucher du côté de la
porte où vinrent prendre place deux sentinelles
armées. L'échevin continuait son réquisitoire.

— Nous avons eu récemment confirmation du fait
que vous usurpiez l'identité du comte de Cressy, mort
en Terre sainte, à Herbya, il y a un an de cela. Nous
produirons, si cela s'avère nécessaire, un homme qui le
connaissait bien et se trouve justement à Amiens en ce
moment. Eh oui, Raymond Beaufort, si vous connaissez

si bien les bonnes manières, c'est que vous avez eu la chance d'être élevé avec les enfants du comte de Cressy avant de disparaître avec les bijoux de la famille aussitôt que le comte fut parti pour la croisade !

Le chanoine Clari ne se départait pas de son étonnement et ne songeait plus à dire un mot. La foule était, pour la première fois depuis le début de la séance, complètement silencieuse. Raymond Beaufort se dirigea brusquement vers la fenêtre mais aussitôt une sentinelle se précipita avec son arbalète pointée vers lui.

– Hélas, je crois que pour une fois vous ne maîtrisez pas la situation, mon cher. Une chose m'échappe toutefois. Vous avez pris tout le butin pour vous et vous avez rompu avec vos anciens acolytes. Vous auriez pu vivre caché et fortuné. Qu'est-ce qui vous a pris soudain d'attirer l'attention sur vous en voulant épouser une de nos filles ?

Raymond Beaufort ne cessait de regarder autour de lui comme un animal pris au piège. Il finit par articuler, sur un ton si rauque qu'il ne fut entendu que des quelques personnes qui l'entouraient :

– Adèle… est-elle informée de… de tout cela ?

– Non, répondit l'échevin, pas encore.

Et soudain, il comprit.

– C'était donc ça ? L'amour ! C'est réellement par amour pour Adèle que vous avez pris tous ces risques… et que vous avez fait tuer tous ces gens ! Par amour ! répéta-t-il encore, abasourdi.

L'assistance demeurait silencieuse. Même si les crimes qu'on reprochait à Raymond Beaufort étaient horribles, il avait agi par amour. Le coupable eut droit à quelques secondes d'un silence presque admiratif, qu'il rompit lui-même.

– J'étais sur le point de réussir ! Adèle allait devenir ma femme ! Vous avez tout gâché ! Tout détruit ! Et tout ça est arrivé à cause de lui !

Disant cela et avant même que la sentinelle ait pu faire un geste, il se jeta sur Amaury et se mit à le serrer à la gorge. Lisa, muette d'horreur, ne poussa même pas un cri. Elle le martelait de ses poings pour qu'il lâche prise.

Sur un geste du maire, quatre sentinelles se jetèrent sur Raymond Beaufort et le maîtrisèrent à grand-peine tant sa rage était grande. Amaury tomba à genoux, toussant et se massant la gorge. Lisa le prit dans ses bras. Le public criait et gesticulait autour d'eux. L'évêque, le chanoine Clari et la plupart des échevins s'étaient levés et s'apprêtaient à quitter la salle. Les soldats firent sortir le prisonnier sous les quolibets et la vindicte de la foule que cette tentative de récidive publique avait convaincue.

– Bonnes gens, vous pouvez rentrer chez vous, dit le maire. Le procès est terminé et le coupable sera châtié !

Lorsque la salle eut été évacuée, seuls demeuraient encore le chanoine Clari, Grégoire de Croy, dame d'Orbais, Nicolas, Amaury et Lisa.

– Grâce à vous, Nicolas, la lumière a pu être faite, lui dit l'échevin.

– Grâce à Amaury surtout, car sans lui je serais sans doute mort à l'heure qu'il est.

– Je reconnais que je m'étais trompé sur votre compte, jeune homme, dit le chanoine Clari à Amaury. Cependant, ajouta-t-il avec amertume, si l'on m'avait informé correctement, je n'aurais peut-être pas persisté aussi longtemps dans l'erreur, et je suis sûr que…

Il n'acheva jamais sa phrase, car des hurlements retentirent au-dehors, immédiatement suivis d'un cliquetis d'armes, puis du bruit d'un galop de cheval sur le pavé. Ils se précipitèrent aux fenêtres. En bas, la garnison se démenait dans la confusion.

– Dépêchez-vous ! Par là ! Mais non, bougre d'âne ! Le pont ! hurlait le chef.

Puis, apercevant l'échevin et le chanoine aux fenêtres, il cria à leur intention :

– Il s'est échappé !

– Je vais prendre quelques hommes avec moi et aller jusqu'au couvent des clarisses. J'ai peur qu'il ne tente de voir Adèle, dit Grégoire de Croy.

Amaury s'était dressé devant lui.

– Je vais avec vous !

– Non. Tu en as assez fait, Amaury. Veille à ne pas te mettre en péril. Il y a un travail que tu es seul à pouvoir finir, et aussi… une histoire que tu es seul à pouvoir commencer !

Il sourit à Lisa et disparut dans l'escalier.

En bas, un petit groupe d'hommes armés se dirigeait en courant vers le pont. Les autres les rejoignirent un à un. Deux jeunes filles, qui se promenaient bras dessus, bras dessous, s'écartèrent en criant pour les laisser passer. Ils s'engouffrèrent ensuite dans une ruelle populeuse où il leur fut impossible de rester groupés. En outre, ils ne savaient plus dans quelle direction aller. Leur chef leur commanda alors de se disperser en petits groupes de trois hommes. Ce qu'ils firent. Mais aucun d'entre eux ne parvint à retrouver la trace de Raymond Beaufort.

Grégoire de Croy, suivi de près par trois hommes en armes, fit irruption dans la chambre d'Adèle. La religieuse qui était assise sur le coffre bondit sur ses pieds en poussant un petit cri. Adèle releva la tête d'un air étonné. Eustache, qui jouait du luth dans la cheminée, se retourna.

— Dieu soit loué ! Tout va bien ! s'exclama l'échevin.

— Que se passe-t-il ? demanda Adèle.

— Raymond Beaufort, alias Hugues de Cressy, a été reconnu coupable tout à l'heure, et il a avoué avoir agi par amour pour vous. Il nous a malheureusement échappé et nous craignions qu'il ne cherche à vous revoir.

— Hugues de Cressy ? Coupable ? Je n'arrive pas à y croire.

— Cela ne fait pourtant plus aucun doute, dit Grégoire de Croy.

Puis il se tourna vers Eustache.

— Ne la quittez pas d'un pouce. Je vais laisser une sentinelle derrière la porte.

L'échevin quitta la pièce aussi abruptement qu'il y était entré. Adèle semblait bouleversée. Eustache la prit dans ses bras.

— S'il est coupable, il doit être pendu, n'est-ce pas ?

dit Adèle. J'avoue cependant qu'il m'a émue l'autre jour. Son amour pour moi semblait réel. Eustache, ne pourrais-je pas intervenir en sa faveur en empêchant sa mise à mort ? L'amour l'a peut-être transformé…

— Je crains qu'il ne soit trop tard… et puis… il a tué.

— Il a tué sans doute. Mais devons-nous toujours répondre au crime par un autre crime ? Est-ce ainsi ce que l'on nomme être juste ? Nous bâtissons des cathédrales pour célébrer Dieu et, au même moment, nous sommes capables de tuer en son nom ! Dieu ne peut pas vouloir que l'on tue en son nom !

— Un jour peut-être, un jour lointain, l'homme ne tuera plus, mais aujourd'hui hélas, nous devons nous en remettre à la justice des hommes.

— Oui. Tu as peut-être raison. Mais j'aimerais tant que ces hommes grandissent !

Au même moment, dans le laboratoire de l'alchimiste, Raymond Beaufort s'affairait fébrilement. Il avait allumé le feu et procédait à de savants mélanges dans une grande cornue posée sur la braise. Le liquide à l'intérieur devint d'un blanc nuageux et une épaisse vapeur s'en dégagea. Il versa dans une autre fiole deux doigts d'un liquide verdâtre et un peu de poudre. Puis il ôta la cornue du feu et alla s'asseoir dans un fauteuil à haut dossier qui se trouvait auprès des manuscrits et des grimoires. Dans l'autre main, il tenait la fiole au liquide vert. Il déposa la cornue entre ses cuisses et souleva la fiole verte.

– Puisses-tu me pardonner, Adèle, dit-il.

Et il versa le contenu de la fiole dans la cornue.

Le père d'Amaury était en train de procéder à un travail minutieux de ciselage sur une coupe en argent lorsque le bruit énorme d'une détonation retentit sous ses pieds. Sur les établis, dans la boutique, tous les objets tintèrent. Aymeric, qui travaillait à l'autre bout, sursauta et regarda son maître avec inquiétude.

– Qu'est-ce que c'est, maître ? Est-ce le diable qui se réveille ?

– Quelles sont ces sornettes, mon garçon ? Tu ne sais donc pas que le diable est une invention de curé ! Il est vrai pourtant que je n'ai jamais entendu rien de tel ! On dirait que notre bonne terre a du mal à digérer quelque chose…

Au même moment, deux jeunes clercs qui se trouvaient dans la cathédrale en train d'admirer, à la lueur des cierges, la progression des travaux, entendirent soudain le grondement sourd de l'explosion. Le plus vif des deux prit un cierge et se précipita au bout du chœur. Là, ils virent l'entrée de l'escalier qui menait à la crypte rempli d'un épais nuage blanc. Ils firent une tentative pour descendre, mais furent vite obligés de reculer, asphyxiés par la poussière de pierre.

–Quelque chose s'est éboulé là-dedans ! Il faut prévenir Thomas de Cormont !

Ils s'éloignèrent à grandes enjambées en relevant leur robe pour courir plus commodément.

Quelques heures plus tard, le chanoine Clari et Grégoire de Croy, suivis de deux hommes d'armes, sortaient de la boutique.

–Inutile de rester là. Rejoignez la garnison, dit l'échevin aux soldats.

Clari et Grégoire de Croy, demeurés seuls, continuèrent leur chemin à pas lents.

–Cette fois, tout est bien fini, mon cher, dit l'échevin. Il ne reste plus aucune trace de ces événements malheureux. Le coupable s'est fait justice, et le souterrain qui permettait aux malfaiteurs de circuler librement s'est éboulé !

–Ah ! Tout ça est bien incroyable ! Ce soi-disant M. de Cressy…

–Eh oui ! Les apparences, cher Clari, toujours les apparences !

–Ainsi, s'enquit encore le chanoine, vous dites que le comte d'Orbais que l'on croyait mort aux croisades a reparu ?

–En effet. Mais… est-il encore vraiment le comte d'Orbais ?

Clari fronça les sourcils car il ne comprenait pas ce que l'échevin voulait dire. Comme ils étaient arrivés à la hauteur de la demeure de Grégoire de Croy, ils firent halte.

– Allons, entrez vous réchauffer un moment. Béranger va nous préparer un bon vin chaud !

– Volontiers, répondit le chanoine dont la curiosité avait été aiguisée, ainsi, vous m'en direz un peu plus sur ce comte qui n'en est plus vraiment un ?

L'échevin lui sourit, et ils pénétrèrent sous le porche.

Le mage Baldr et Amaury se tenaient côte à côte dans l'atelier du sculpteur, contemplant la statue du Beau Dieu achevée. Bientôt elle recevrait les ocres, les bleus, les rouges et les verts du peintre, mais la contribution d'Amaury s'arrêtait là, et il était fier de son œuvre.

– C'est beau, n'est-ce pas ? dit-il à son compagnon. Je peux le dire sans honte, parce que j'ai l'impression que je n'y suis pour rien, que j'ai seulement été… un instrument.

– Il en est souvent ainsi lorsque nous accomplissons nos plus belles œuvres, répondit Baldr.

– Quelle est ta plus belle œuvre ? lui demanda Amaury.

Mais le mage ne répondit pas, car la porte venait de s'ouvrir sur la silhouette de Lisa, vêtue d'une jolie robe bleue et les cheveux nattés. L'air mystérieux, et sans dire un mot, elle posa un doigt sur ses lèvres et s'effaça pour laisser passer devant elle le jeune Nicolas. Celui-ci s'avança et découvrit la statue qu'il contempla longuement, puis son regard vint se poser sur Baldr, avec amour, sembla-t-il à Amaury. Nul n'avait encore prononcé un seul mot et l'atmosphère était presque religieuse. Ce fut le mage qui rompit le silence.

– Que peut penser un fils d'un père qui est demeuré quinze ans loin de chez lui pour satisfaire sa soif de connaissance ?

Amaury se demanda si Baldr ignorait réellement la réponse à sa question.

– Ce père ignorait qu'il avait un fils, répondit Nicolas. Et, pour connaître les mystères de la vie, je ne suis pas prêt à jurer que je n'en ferais pas autant. Ainsi, peut-être pourrez-vous nous éviter cette peine en me permettant de devenir, en même temps que votre fils, votre élève ?

Nicolas se jeta dans les bras de son père qui l'étreignit avec une émotion profonde. Lisa se rapprocha d'Amaury et lui prit la main, car elle était émue aussi. Baldr reprit la parole.

– Je vais vivre avec vous pendant un certain temps en conservant le nom de Baldr,

et ma sœur me traitera comme un vieil ami, sans plus. J'apparaîtrai le moins possible en public, car il va y avoir une nouvelle croisade. Tous ceux qui ne partiront pas seront considérés par leurs pairs comme des lâches. Et je ne partirai pas. J'ai appris à aimer les peuples d'Orient, et je ne veux pas les combattre. Et je ne veux pas non plus devenir un motif d'opprobre qui pourrait rejaillir sur vous. Ainsi, dissimulé aux regards sous l'apparence d'un mage, je pourrais transmettre ce que j'ai appris à quelques esprits, avides, comme je le fus, de tout connaître.

— Sois prudent, intervint Amaury. Vois ce qu'il est advenu des cathares. L'Église n'admettra jamais qu'on enseigne autre chose que ce qu'elle tient pour vrai.

— Je sais cela. C'est pourquoi l'enseignement doit demeurer caché, jusqu'à ce que l'obscurantisme prenne fin.

Le bruit d'une cavalcade mêlée de chevaux et d'hommes à pied se fit entendre. Elle se rapprochait rapidement. On distinguait des chants et le son de divers instruments de musique.

— Qu'est-ce que c'est ? s'inquiéta Lisa.

— Ils se réjouissent de la guérison du roi et de son départ pour la croisade, répondit Baldr.

— Le peuple passe bien vite d'une distraction à l'autre, fit remarquer Amaury.

La porte s'ouvrit alors et Adam Lasnier apparut dans l'entrebâillement.

— Je ne dérange pas ? Ah ! Mais que se passe-t-il donc ici ? demanda-t-il.

Puis son regard fut happé par la statue du Beau Dieu qu'il examina attentivement avant de s'apercevoir de la présence de Baldr. Il hocha la tête en connaisseur.

– Bravo ! C'est très ressemblant ! Mais…

Il regarda encore le mage et se tourna vers Amaury.

– N'est-ce point encore un de ces saltimbanques que tu affectionnes ?

– Eh oui, mon père ! Je vous présente le mage Baldr !

– Un mage maintenant ! Il ne manquait plus que ça ! Eh bien, dites-moi donc le sort qui m'est réservé, l'ami ? Va-t-on me tourmenter encore longtemps ?

– Ça dépendra de vous, répondit Baldr. Saurez-vous vous réjouir de la présence des petits-enfants qui vont babiller dans votre maison ? Et saurez-vous apprécier leur charmante mère ?

Ce disant, il avait pris Lisa par les épaules et la poussa devant le vieux Lasnier. Lisa, outre qu'elle était ravissante dans sa fraîche robe bleue, avait aussi revêtu son plus radieux sourire. Adam Lasnier fut désarmé.

– Ah bon ? dit-il. C'est donc à ça que ressemblent les saltimbanques maintenant ?

Lisa se mit à rire devant l'étonnement et les façons bourrues du vieil homme. Comme son rire était communicatif, elle fut rapidement imitée par les autres et, pour finir, Adam Lasnier lui-même n'y résista pas.

Martine Pouchain

L'auteur

Martine Pouchain est née à Amiens où elle passe son enfance et son adolescence. D'un naturel rêveur et dotée de peu d'appétit pour les études, excepté les cours de français, elle s'empresse de voler de ses propres ailes sitôt le bac obtenu. Elle occupe divers emplois sans grand intérêt avant que le désir d'écrire ne s'impose comme une évidence.

Elle s'essaie à plusieurs genres et, en particulier, au scénario d'un long métrage qui va la conduire à explorer l'époque médiévale. Elle imagine les aventures d'un bouffon étrange et facétieux. Un producteur lui achète son histoire (non encore montée à ce jour), et le sort en est jeté. Au diable la certitude et les salaires confortables ! Vive l'aventure périlleuse des droits d'auteur !

Elle aime le cinéma, avec une passion pour Charlie Chaplin et une vénération pour Capra, Hitchcock, Mankiewicz et Spielberg. Dans le domaine littéraire, Gide, Giono, Ionesco, Nietzsche et Maeterlinck ont contribué à renforcer sa pensée et à fortifier sa vocation. Elle a l'intention de continuer à écrire pour le cinéma, qui lui semble être un support inévitable dans une époque dominée par l'image. Dans la collection Folio Junior, elle a également publié *La Fête des fous* et *Le Monstre des marais*.

Gilbert Maurel

L'illustrateur

Il y a quelques années, je rendais visite à un ami sculpteur sur pierre, qui travaillait à la restauration de la cathédrale d'Amiens, raconte **Gilbert Maurel**. Son chantier était situé au pied de la tour sud, enveloppé d'échafaudages. Il m'invita à y grimper ; je fus impressionné par la découverte de ces altières figures : là, tout près, elles montraient une fraîcheur d'expression, invisible du bas… Je dis mon admiration pour ces sculptures, ces « imagiers du Bon Dieu », qui avaient su rendre une telle expression sans en faire étalage. Mon compagnon souriait : « Je vais te présenter le visage que j'aurais été fier de sculpter. » En bas, devant le portail central, il me désigna le personnage qui trônait là : « C'est lui, dit-il simplement. » C'était le Beau Dieu, celui de notre histoire, celui que sculpta Amaury.

Mise en pages : Karine Benoit

Loi n° 49-956 du 16 juillet 1949
sur les publications destinées à la jeunesse
ISBN : 978-2-07-062232-0
Numéro d'édition : 161307
Premier dépôt légal dans la même collection : octobre 2000
Dépôt légal : novembre 2008

Imprimé en Espagne chez Novoprint (Barcelone)